서정시학 신서 50

퇴계 시 이야기

서정시학

이장우(李章佑)

1982년 서울대학교 문학박사.
현재 영남대학교 중문과 명예교수.

서정시학 신서 50
퇴계 시 이야기

2014년 9월 10일 초판 1쇄 발행

지 은 이 • 이장우
펴 낸 이 • 최단아
펴 낸 곳 • 서정시학
편집교정 • 최진자
인 쇄 소 • 서정인쇄

주소 • 서울시 성북구 보문로 34길 39(동선동 1가,   6층)
전화 • 02-928-7016
팩스 • 02-922-7017
이 메 일 • poemq@dreamwiz.com
출판등록 • 209-91-66271

ISBN 978-89-90978-68-1   93810

계좌번호: 070101-04-072847(국민은행, 예금주: 최단아)

값   15,000원

서 정 시 학 신 서

050

이장우

퇴계 시 이야기

서정시학

국립중앙도서관 출판예정도서목록(CIP)

퇴계 시 이야기 / 지은이: 이장우. -- 서울 : 서정시학, 2014
    p. : cm. -- (서정시학 신서 ; 50)

ISBN   978-89-98845-68-1 93810 : ₩15000

한시[漢詩]
시 비평[詩批評]

811.009 KDC5
895.71-DDC21   CIP2014025586

이 책은 계간 문예지 『서정시학』에 일곱 차례 연재한 글을 모아 조금 수정 보완하여 내는 것이다. 처음에 이 글을 시작하면서 쓴 「연재를 시작하면서」라는 글에서 나는 이 책을 집필하려는 나의 생각과 바람을 몇 가지 적었다. 그러나 지금 다시 살펴보니 과연 이 책으로 이퇴계의 "삶"과 "시"를 어느 정도나 잘 밝혀내었는지 걱정된다.

다만 좀 독특한 점이라면, 시를 좀 쉽게 풀어 설명하여 보려고 노력하였고, 삶도 아직껏 남들이 보지 못한 자료들을 활용하여 다른 사람들과는 좀 더 다르게 설명하려고 노력을 한 것은 사실이다. 후자의 경우 역사를 하는 사람들에게는 이미 상식으로 되어 있는 이야기들도, 일반인들의 상식 수준이나 심지어 문학과 철학을 전공한다는 사람들의 이퇴계에 관한 저술을 보아도 늘 구태의연한 것을 보고는, 이미 굳어버린 생각을 깨기는 정말로 어렵다는 생각을 하게 된다. 그러나 나는 언젠가는 내가 하는 이야기가 "근거가 없는 맹랑한 낭설"이 아님을 알아주는 날이 오리라고 기대한다.

이런 글을 써 보도록 격려한 최동호 교수에게 감사를 드린다. 지금은 주로 현대의 시를 연구하고 또 시 작품과 평론 집필을 하고 있지만, 매우 어려운 중국의 문학이론 책인 『문심조룡文心雕龍』

을 완역하고, 한문 작품을 많이 번역하기도 한 현대시인 김달진金
達鎭 선생의 전집을 엮어 내기도 한, 한문 고전에 대한 안목이 높
은 이러한 대가와 친구가 된 것을 자랑스럽게 생각한다.

　또 글을 만드는데, 원천이 되는 시의 원문을 30년 가까이 같이
번역하여 온 장세후 군에게도 감사한다. 사실은 이 책은 그 사람
과의 공저로 내는 것이 맞으나, 그 사람이 극구 사양을 하였다.
마지막 교정까지 한번 보아 주었으며, 또 여기 제시하는 사진을
몇 장 제공하기도 하였다. 역시 사진을 좀 더 제공하여준 전일주
군에게도 감사한다. 그 사람은 앞서 초서로 된 퇴계 선생의 가서
家書를 정리할 때 도와주기도 한 매우 고마운 친구이기도 하다.

마지막으로 더운 날 편집, 교열하여 책을 만들어 준 출판사의 최진자 실장에게도 고마움을 드린다. 초 여름날 이 책에 실을 글을 다 모아 가지고 나에게 아무 예고도 없이 갑자기 넘겨준 독려에 감사한다. 그렇지 않았다면 이 책은 아마 지금도 잠자고 있었지 이렇게 빨리 나올 수가 없었을 것이다.

2014년 8월 7일 청도의 촌집에서

이장우(李章佑) 삼가 씀

| 차례 |

머리말 / 5

1. 이야기를 시작하면서 / 15

　　연재를 시작하면서 ·················· 15
　　그는 어디 실있는가? ·················· 19

2. "유독 만권 책을 사랑하여":

　　　　　　　　30대 초반까지 삶과 시 / 33

3. "금마문 드나드는 선비들 틈에 잘못 끼어들어":

　　　　　　　　출사(出仕) 초기의 시 / 51

4. 천리 길 돌아감에 너를 저버리기 어려워:

　　　　　　　　　　　　　出仕후기의 시 / 67

5. 토계 마을의 노래 『퇴계잡영』:

　　　　　　　　　　　은퇴한 마음을 읊은 시들 / 87

6. 도산서당의 노래 『陶山雜詠』:

　　　　　　　　　　만년 강학(講學) 시기의 시들 / 105

7. 이퇴계의 만년의 모습과 시 / 130

8. 마무리:

이퇴계의 시작(詩作) 연보 / 147

삶이 모습과 시이 면모 / 154

은사가 되고자 / 162

도학자로서 / 165

문인으로서 / 168

관리로서 / 170

생활인으로서 / 173

퇴계 시 이야기

1. 이야기를 시작하면서

연재를 시작하면서

'퇴계 시 이야기' …… 나에게 주어진 글의 제목이다. '이퇴계,' 중국문학을 전공한다고 하는 내가 왜 이퇴계 주위를 맴돌고 있을까? 흔하게 받는 질문 중의 하나는 "선생님은 퇴계 자손입니까?" 하는 것이다. 나는 그의 자손은 아니다. 그러나 고향이 안동과 가깝다 보니, 여러 가지 혼맥(婚脈)으로나, 학맥(學脈)으로나 먼 거리에 있지는 않다.

나는 우리 세대에 잘 나가던 친구들에 비하여, 한학, 또는 중국문학을 전공으로 택하였기 때문에, 젊은 시절에 너무나 많은 불이익을 당하였다. 중국대륙에서 나오는 자료도 볼 수가 없었고, 그쪽으로 가볼 수는 더더욱 없었다. 도무지 공부할 여건이나 가르칠 여건이 갖추어 있지도 못하였다. 그러니 중국문학으로 인생의 보람을 찾는다는 것은 참 벅찬 일이었다.

그때 어떻게 생각난 것이 '퇴계집을 붙잡아 보아야지' 하는 생각이 들었다. 왜냐하면 우리나라의 딴 문집에는 주석이 거의 없지만, 이퇴계의 문집에는 한문으로 된 주석이 2종이나 있었는데, 그 중에 한 가지『퇴계문집고증(退溪文集攷證)』은 목판본으로 간행된 바 있지만, 또 한 가지는 그 후손이 가지고 있는 필사본으로『요존록(要存錄)』이니 이것은 누구도 잘 모르는 유일한 자료였다. 이 두 가지 주석 책의 내용만 잘 읽어 꼼꼼하게 풀어 가면서『퇴계집』을 우리말로 옮겨놓아도 한국의 실정에서는 매우 보람 있는 일이 될 것 같았다. 그래서 시작한 것이『퇴계집』첫머리에 나오는 시부터 한글로 상세하게 역주하여,『퇴계시 역해』라는 제목으로 서울 퇴계학연구원에서 나오는 계간(뒤에는 반 년간)『퇴계학보』에 '86년부터 연재하기 시작하였다.

이 연재는 지금까지 70여 회나 계속하고 있는데, 퇴계문집에 실린 시 2,000여 수 중에서 10분의 8 이상 역주한 셈인데, 앞으로

도 지면이 허락하는 대로 모든 시를 역주할 생각이다(지금까지 역주한 것을 모아서 영남대학교 출판부에서 『퇴계시 풀이』6권을 내었다). 이러한 작업을 하는 동안에 『퇴계마을의 노래』, 『도산서당의 노래』 같은 제목의 관련된 퇴계 시 선집도 따로 내게 되었다.

또 그 뒤로는 퇴계 선생의 사생활과 관련된 미공개 자료들이 처음으로 영인되어 나오는 것을 보고서, 그러한 자료들을 정리하여 소개하기도 하였다. 그 중의 하나가 『퇴계 이황, 아들에게 편지를 쓰다』라는 책이며, 또 하나는 『선조유묵, 가서(家書)』(국학진흥원 소장 귀중본도록 4)이다. 이 두 가지 모두 아들, 또는 손자들에게 보낸 미공개 자료들을 번역, 주석, 해설한 책들이다. 그런데 이러한 책들의 내용은 지금까지 일반 상식으로 알려진 내용들과는 더러 차이가 나는 점도 있기 때문에 함부로 다루기에는 매우 어려운 점이 많았다.

같은 학교 국사학과에 있다가 퇴임한 뒤 작고한 이수근 교수 같은 사람은 이러한 자료를 이용하여 『영남사림파 연구』 같은 책에서 퇴계가문의 치산(治産) 이재(理財) 같은 문제를 다루었다가, "선생께서 평생 공부만하셨지, 살림살이도 관심이 많았다니? 더구나 많은 재산을 직접 관리하여 크게 늘리셨다니? 무슨 가당치도 않은 소리를 하노?"라는 식의 욕을 얻어먹었다. 지금 이러한 문제에 관하여서는 서울대학교 국사학과의 김근태 교수가 『양반가의 농업경영』이라는 책에서 더욱 소상하게 밝혀내고 있으니, 이미 국사학계에서는 정설로 통하고 있다고 할 수 있다. 나는 학자가 할 일은 '일반 상식을 깨는 것'이라고 생각하며, 그들이 하는 말은 모두 엄밀한 자료에 바탕 한 것이기에 대개 정확하다고 생각한다.

지금까지 번역 주석만 해오던 내가 '퇴계 시 이야기'라는 이야기를 시작하려니, 몹시 긴장된다. 그 이유는 위에서 말한 것과 같이, 그 삶에 대하여 일반 사람들이 알고 있다고 믿는 상식에서는 벗어난 소리를 좀 하다가는 역시 '고약한 인간' 소리를 들을지도 모를 일이고, 또 시 자체도 비록 역주는 좀 하였다고 할지라도 궁극적으로 그것이 무슨 의미인지도 잘 모르겠기 때문이다. 더구나 그분의 철학을 잘 모르겠으니, 거기 담긴 깊은 뜻을 어찌 다 알아낼 수 있을까?

그러나 나는 어찌되었든지 간에 주어진 제목에 대하여 좀 적어 보았으면 싶은 만용을 가지게도 된다. 그 주된 이유는 위에 말한 새롭게 공개되는 자료를 위시하여 퇴계의 삶을 자세히 살펴볼 수 있는 저술들을 나는 자주 만나고 있기 때문이다. 그 중에 대표적인 것이 정석태가 쓴 『퇴계선생년표월일조록』(4권)이라는 책인데, 퇴계 선생이 평생 동안 무슨 날에 무엇을 하였는지 힘들여 정리한 책이다. 이러한 책들만 잘 읽어 보아도 쓸 이야기는 많을 것 같다. 거기다가 내가 지금까지 역주하였던 시나 편지글 같은 것을 좀 붙여 놓으면, 한권의 책이 되지 않을까 싶은 바람도 생겨나기 때문이다.

그는 어디 살았는가?

이 몸 벼슬자리에서 물러나니 이리석은 내 분수에 편안하니,
학문이 퇴보하니 내 늘그막이 걱정스럽구나.
시내 곁에 처음으로 거처를 정하니,
그 시냇물 내려다보면서 날로 반성함이 있으리.

신퇴(身退) 안우분(安愚分)이나
학퇴(學退) 우모경(憂暮境)이라
계상(溪上)에 시정거(始定居)하니
임류(臨流) 일유성(日有省)이라

온혜의 퇴계 선생의 태실

　이 시는 제목이 「되계」인데, 그가 50세 내 풍기군수 자리를 그
만두고 고향으로 돌아와서 지은 시이다. 이미 잘 알려진 바와 같
이 그가 태어난 마을은 안동시 도산면 온혜리라는 마을인데, 그
마을 앞에 온계라는 조그마한 시내가 흘러가기 때문에 붙여진 이
름일 것이다. 이 온계 곁에 지금 온혜온천이 개발되었으니(지금은
도산온천으로 개명), 옛날부터 이 시냇물이 따뜻하였을 것이다. 이
마을을 그의 조부가 개발하여 퇴계 일가의 터전을 잡았다고 한다.
　이 온계라는 한 가닥의 물과 정계라고 부르는 또 한 가닥의 물이 합수가 되어 토계라는 조그마한 시내를 이루는데, 한자로는 土溪 또는 兔溪라고 적는다. 이 '토계'를 그는 물러날 퇴자를 넣어 '퇴계'로 바꾸어, 자신의 호로 삼기 시작한 것은 46세 때부터이다. 그 이전에는 이 부근에 영지산(靈芝山)이 있었기 때문에, 호를 '지산'이라고 한 적도 있지만, 그 고향 선배인 농암 이현보 선생도 한때 호를 '영지산인'이라고 한 것을 보고서, 그 호를 다시 사용하지는 않는다고 쓴 시와 그것을 보고서 젊은 사람의 호를 빼앗게 되니 우습다는 시가 각각 『퇴계집』과 『농암집』에 다 보인다.

이 '토계'라는 말은 이 물이 흘러가는 마을의 이름으로 사용되기도 하여, 지금도 토계동이라는 행정구역이 있는데, 그 위의 마을을 '윗토계' 또는 상계, 아랫토계를 '하계'라고 부른다. 상계는 아주 협소한 마을이라 도시노 멀도 없고, 십노 불와 빛 재밖에 없는 벽촌인데 지금 이퇴계 후손의 종택과 그 부속 건물이 몇 채 있을 뿐이나, 하계는 낙동강에 임하여 원래는 상당히 큰 마을이었지만 지금은 안동댐으로 수몰되어 역시 인가가 몇 채 남지 않은 보잘것없는 소촌이 되었다.

퇴계 선생은 이 마을에 터를 잡고 기와집을 지어 정착하기 이전에 매우 여러 번 집을 옮겨가면서 살았다. 맨 처음에 스스로 집을 마련하여 본 것은 '지산와사(芝山蝸舍),' 곧 '영지산 기슭의 달팽이 집'이라는 뜻의 조그마한 집이었다고 한다.

영지산 끊어진 기슭 곁 집자리 보아 세우니,
모습은 달팽이 뿔 만하여 몸 겨우 숨길만 하네.
북쪽으로는 낭떠러지라 마음에 들지 않지만,
남쪽으로는 안개나 노을 끌어안아 운치 넘치네
다만 아침저녁 어머님께 문안드리기 좋을 뿐,
어떻게 방향에 따라 춥고 더움을 가리랴?
이미 달과 산 쳐다보려던 꿈 얼마쯤 이루어졌으니,
이 밖에 어찌 반드시 잘잘못을 저울질하랴?

복축지산(卜築芝山) 단록방(斷麓傍)하니
형어와각(形如蝸角) 지장신(秪藏身)이라
북림허락(北臨墟落) 심비통(心非通)이나
남읍연하(南挹烟霞) 취자장(趣自長)이라.
단득조혼(但得朝昏) 의원근(宜遠近)하니
나인향배(那因向背) 변염량(辨炎凉)고
이성간월(已成看月) 간산허(看山許)하니
차외하수(此外何須) 갱교량(更較量)고

「영지산의 달팽이 집(芝山蝸舍)」이라는 시이다. 31세 때에 영지

(靈芝) 산록(온혜의 남쪽)의 양곡(暘谷)에 조그마한 집을 지어 이사를 하였는데 이 집을 '양곡당(暘谷堂)'이라고도 한다. 선생은 원래 21세 때 허씨부인과 결혼하였는데, 그 당시의 관례대로 부인은 친정의 재산이 있는 영주의 초곡(草谷, 푸실)에 그대로 살다가 맏아들 준(寯)과 둘째아들 채(寀)를 낳았으나, 둘째아들을 낳자마자 산고로 퇴계 27세 때에 죽었다. 허씨부인이 살아 있는 동안에는 퇴계는 영주의 처가와 예안의 친가를 자주 내왕하며 살았다고 한다.

30세 때에 권씨부인과 재혼하였는데, 이 부인은 정신박약 증세가 심하여 16년을 퇴계 선생과 함께 살았으나 주부로서의 구실은 거의 못한 것같이 보이며, 선생이 서울에 가서 벼슬할 때 살고 있던 서소문 집에서 해산을 하다가 역시 산고로 죽었는데, 그 사이에는 소생이 없다.

퇴계연보에 의하면 31세에 "서자 적(寂)이 났다"고 되어 있는데, 초취 부인인 허씨가 죽은 뒤부터는 이 집의 살림은 사실상 그 적의 어머니인 소실이 주로 맡아서 하고 있었을 것으로 추측하여 볼 수도 있다. 이 소실부인은 창원(昌原)의 관기 출신인데 한문까지 알았던 것 같다. 그가 언제부터 이 집안에 들어오게 되었는지 분명하지는 않으나, 아마 퇴계가 처음 상처하고 난 뒤에는 본처의 어린 자식들까지 거두어 키워준 것이 아닐까 짐작된다. 퇴계 선생이 작고할 때까지 사실상 이 집의 주부로서 평생 동안 병약하였던 이퇴계를 성심껏 내조하고, 퇴계의 맏아드님 내외와 자주 편지도 하고 상의도 하여 가며, 그 큰 살림살이를 보살폈던 사람은 이 부인이었다고 나는 생각한다.

이 지산와사에서 이퇴계는 46세까지 살았다. 이 집은 뒤에 맏아들 준이 기거하다가, 종손서이며 제자인 이국량(李國樑)에게 주었는데 그가 호를 '양곡'이라 하였다고 하며, 지금은 그 유적지에 이 「와사」 시를 새긴 유적비가 서 있다.

동쪽 치우친 큰 산록 기슭에 새롭게 터를 잡으니,
가로 세로 늘어선 바윗돌 모두 그윽함을 이루었다네.
안개와 구름 자욱하게 피어올라 산 속에 묵고,
골자기 물 빙빙 둘러 들 끝으로 흘러가네.
만권 책 읽을 나의 생애 흔연히 의탁할 곳이 생겼으니,
봄비 바라는 마음 놀랍구나! 오히려 구할 수 있다니.
정녕코 시 잘 짓는 승려에게 말하지 말라.
정말 쉬는 게 아니고, 병들어 쉬는 것이라고.

신복동편(新卜東偏) 거록두(巨麓頭)하니

종횡암석(縱橫巖石)이 총성유(總成幽)라

연운묘애(烟雲杳靄) 산간로(山間老)한데

계간만환(溪澗彎環) 야재류(野際流)라

만권생애(萬卷生涯) 흔유탁(欣有托)하니

일려심사(一犂心事) 탄유구(歎猶求)라1)

정녕막향(丁寧莫向) 시승도(詩僧道)하라2)

불시진휴(不是眞休) 시병휴(是病休)니라

---

1) 일려(一犂): 봄비[春雨]를 말함. 「보습」은 밭을 갈고 흙을 뒤엎는 연장인
데, 한 보습으로 갈아엎기에 충분할 정도로 비가 흡족하게 내렸다는 뜻임.
송나라 소순흠(蘇舜欽)의 「농가를 읊음(田家詞)」 "산 언저리 한밤중에
한 보습의 비 내리니, 농부 소리 높여 노래 부르며 수확할 날 기다리네."
(山邊夜半一犂雨, 田父高歌待收穫) 여기서 '봄비 바라는 마음'은 책에
서 지혜를 얻는 마음을 비유한 것이다.

2) 시승(詩僧): 당나라 때 여산 동림사(東林寺)의 승려 영철(靈徹)을 말함. 송
나라 계유공(計有功)의 『당시기사·위단(唐詩紀事·韋丹)』 강서태수
(太守)인 위단은 동림사의 영철 스님과 가까운 친구가 되었는데, 위단이
일찍이 고향으로 돌아가고 싶어 하는 심정을 읊은 절구를 지어서 영철에게
부쳐 말하기를 "나랏일 분분하여 한가한 날이 없고, 부평초 같은 인생 하
염없이 흘러가니 구름과 같을 뿐이라네. 이미 장형(張衡: 후한의 문인 학
자, 자가 平子임)과 같이 벼슬을 버리고 돌아가서 쉴 계획을 세웠으니, 오
로봉의 바위 앞에서 그대와 함께 근황을 들을 날이 있으리라"라고 하였다.
이에 영철이 그 시에 화답하기를 "나이 늙어 몸 한가로워지니 바깥일 없고,
삼베옷 길지고 풀 깔고 지내니 또한 몸 하나 수용할 만하네. 서로 만났을
적에 벼슬을 버리고 물러나고 싶은 생각 다 털어놓았으니, 수풀 아래서 무
엇 때문에 당신을 또 만날 필요가 있겠소?"라고 하였다"(江西韋大夫丹,
與東林靈澈上人, 爲忘形之契, 丹嘗爲思歸絶句, 以寄澈公云, 王事
紛紛無暇日, 浮生冉冉只如雲. 已爲平子歸休計, 五老巖前必共聞.
澈奉酬詩曰, 年老身閑無外事, 麻衣草坐亦容身. 相逢盡道休官去,
林下何曾見一人).
여기서 만약 진짜로 은퇴하였다고 하면, 한가한 스님조차도 찾아주지 않을 터이
니까 '병들어 잠시 병들어 쉬고 있다'고 농담하고 있음.

46세 때 「동쪽 바위 구멍에서 뜻을 읊다(東巖言志)」라는 시이다. '동암(東巖)'의 '巖'이란 흔히 '바위에 생긴 구멍(巖穴)'을 뜻하는 경우가 많은데, 속세를 피하여 바위 구멍에 들어가서 사는 선비를 '암혈지사(巖穴之士)'라고 한다. '언지(言志)'는 뜻을 표현한다는 뜻인데, 선비들이 자기의 호젓한 마음을 글에 담는다는 의미로서 시의 제목으로 자주 사용하고 있다.

『연보』에 의거하면 병오년(丙午年: 46세)에 "양진암을 퇴계의 동쪽 바위 위에 지었다"하고서, 다음과 같은 주석을 첨가하였다. "이보다 먼저 작은 집을 온계리 남쪽의 지산 북쪽에 지었으나, 인가가 조밀하므로 아늑하고 고요하지 못하다 하여 이 해에 처음으로 퇴계 아래의 두서너 마장 되는 곳에서 빌려 살면서, 동쪽 바위 옆에 작은 암자를 짓고, 이름 하기를 양진암(養眞庵)이라 하였다. ……"

이 양진암 터는 상계가 끝나고 하계로 접어드는 산모퉁이에 있는데, 토계란 물이 흘러가는 방향으로 보면 동쪽에 있는 바위 아래 있었기 때문에 '동암'이라고도 불렀을 것이다. 지금은 그 터에다 표석을 세우고 그 뒷면에다 이 시를 새겨 놓았는데, 그 뒤에 솟아 있는 산으로 1킬로미터 쯤 올라가면 퇴계 선생의 산소가 있고, 그 앞쪽으로 난 찻길을 따라 동쪽으로 난 산마루를 하나 넘어 가면 이육사(李陸史) 기념관이 있는 원촌(遠村)이라는 마을이 나온다.

이 양진암을 짓고 있기 전부터도 퇴계 선생은 '퇴계라는 마을에 있는 집'이라는 뜻으로 쓴 '계장(溪莊)'이라고 부르는 집을 이 마을에 마련하고 있었던 것같이 보이는데, 이 집은 양진암을 짓기 전의 임시 거처였는지, 또는 이 집은 살림집이고, 양진암은 공부를 하기 위한 정자였는지 잘 알 수 없다.

다음은 「천사촌(川沙村)」이라는 제목이 붙은 시다. 요즘, 퇴계 선생이 토계 마을에서 육사 기념관이 있는 원촌 마을과 하계 마을 사이의 낙동강 강변에 있는 마을인데, 내살메, 또는 대세라고도 부른다고 한다.

그윽하고도 먼 내살메에 이씨 어른이 살고 계신데,
평평한 들에 벼 익고 숲 우거진 동산은 보기 좋네.
이웃을 택하여 나 또한 서쪽 산마을 다 차지하여,
초가집 가운데 갖추었네, 만권 서책을……

유경천사(幽夐川沙) 이장거(李丈居)한데 [3]
평전화숙(平田禾熟) 호림허(好林墟)라

27

복린아역(卜隣我亦) 전서학(專西壑)하야[4]

모옥중장(茅屋中藏) 만권서(萬卷書)라

여기서 '서학(西壑)'이라고 한 것은 '서쪽에 있는 뫼'라는 뜻인데, 내살메에서 보면 서쪽에 있는 하계에 있는 자하봉(紫霞峯)을 말한다. 앞에서 말한 이퇴계 문집의 주석서(필사본) 『요존록』을 지은 이야순(李野淳)은 '연보보유(年譜補遺)'에서 정미년(丁未年: 퇴계 47세) 조에 "장차 자하산의 하명 울짱에 거처를 선택할까 하였다…… 자하서원, 하산정사, 수석정 같은 이름이 있다'(將卜居于紫霞山之霞明塢…… 有紫霞書院·霞山精舍·漱石亭等號)"라는 주석을 달고 있다. 이로 보면 하계에도 또란 집을 마련하였던 것 같다. 그 뒤에 잠시 상계의 죽동(竹洞)이라는 좁은 골짜기에도 터를 잡아 집을 지으려 하였으나, 골이 너무 좁고 물이 부족하여 포기하였다고 한다.

---

3) 이장(李丈): 이름은 현우(賢佑), 농암 이현보(李賢輔)의 아우로 훈련원(訓鍊院)의 습독(習讀: 종9품의 무관직)을 지냈는데, 91세의 장수를 누려 나라에서 예조참판 벼슬을 증직으로 받았다.

4) 전학(專壑): 송나라 왕안석(王安石)의 「우연히 적음(偶書)」 "나도 또한 만년에는 오로지 한 산만을 차지하여 은퇴하여 살고서, 제후들의 사자가 좋은 수레를 타고 나를 찾아오는 깃발을 볼 때마다 늘다고 그 지휘를 의심하겠네"(我亦暮年專一壑, 每逢車馬便驚猜).

「이농암 선생님이 한서암으로 왕림하시나(寒棲李先生來臨)」

맑은 시내 서쪽 가에 띠집을 이었으니,

저속한 나그네 어찌 사립문을 열라 두드릴 것인가?

갑자기 산 남쪽의 늙은 신선께서 찾아주시는데,

작은 가마 타고서 온갖 꽃 뚫고 오셨다네.

청계서반(淸溪西畔)에 결모재(結茅齋)하니

속객하증(俗客何曾) 관호개(款戶開)오

돈하산남(頓荷山南) 노선백(老仙伯)하니

견여천득(肩輿穿得) 만화래(萬花來)라

"진날 약에 대해시 물으리 갔다가, 다섯 번이나 기치를 옮겨 영구히 살고사 세운 터를 보고 그 땅을 얻은 것을 축하하고, 나시 간곡하고 편안한 대접을 받고 조용히 실컷 마신 뒤 또 글까지 보여주니 더욱 정성스러움을 알게 되었다. 외람되이 얻음을 감히 헛되이 할 수가 없어 같은 각운자를 써서 고마움을 나타낸다(前日因問藥而進, 始見五遷, 永建之基. 賀其得地, 更蒙款慰. 從容醉飽, 又此示韻, 益知繾眷. 不敢虛辱, 步韻以謝)"는 설명이 붙은 다음 시를 한번 살펴본다.

「한서암에 가 퇴계를 방문하다(訪退溪于寒棲菴)」

바위길 뚫고 골짜기를 넘어 산 집 방문하였더니,

반 쯤 닫힌 사립문이 나를 위하여 열렸네.

건너편 시내 봄의 아름다운 경치 너무나 사랑스러워,

낯설지만 돌아감 잊고 해 기울어서야 떠나왔네.

천암월학(穿巖越壑) 문산재(問山齋)하니

반엄시비(半掩柴扉) 위아개(爲我開)라

애살격계(愛殺隔溪) 춘후염(春後艶)하여

황승망반(荒乘忘返) 일사래(日斜來)라

'한서암'이란 퇴계가 47세 때에 상계에 완성한 살림집 이외의
별채의 집인데, 당시에는 초가로 지었던 것 같다. 이때에 기와로
상계에 살림집을 별도로 짓고 있었음은 아들에게 보낸 편지에 자
주 보인다. 아마 기와집을 완성하기 전에 이 초가집부터 미리 지
은 것같이도 보인다. 앞의 시는 퇴계 선생이 49세에 쓴 것이고,
뒤의 시는 농암이 그 시를 보고 화답하여 지은 것이다. 뒤의 시에
서 나섯 번이니 시제를 좋았니고 한 벗은, 은혜의 사인께서, 봉님

의 양진암, 천사촌의 초가집, 하계의 하산정사, 상계의 한서암까지 다섯 번을 말하는 것 같다.

이렇게 46세 이후부터 불과 3, 4년 안에 자주 집을 몇 번이나 짓고, 옮기고 하였는데, 왜 그렇게 하셨을까? 더욱 산수도 좋고, 조용한 터를 잡아서 은퇴하여 영주하고 싶은 소원도 작용하였을 것이다. 워낙 매사에 꼼꼼하고 주밀한 성격을 가지신 분이고 보니……. 그러나 실제로 이때가 되면 벌써 손자들까지 식구도 늘어나고, 또 그 본집 식구보다도 몇 십 배가 더 많은 하인, 소작인 노릇을 하는 남녀노비들의 숫자도 엄청나게 불어나고 있었으니, 그들의 거처를 해결해 주기 위해서라도 그렇게 집을 자주 지을 필요가 있었을 것이다.

그런데 여기서 한 가지 재미있는 현상은 이때 지은 시에서 주자가 사용하였던 '한서(寒棲)'라는 말 이외에도, '초옥(草屋),' '초개옥(草蓋屋)' '모옥(茅屋),' '모재(茅齋)' 같은 표현을 자주 사용한다는 점이다. 아마 도연명이나 주자가 벼슬을 버리고 고향으로 돌아와서 지은 시에서 자기가 살던 집을 이와 비슷하게 표현한 것을 보고, 이런 표현을 즐겨 사용한 것으로 보인다. 이즈음에 「도연명이 문집에서 '거처를 옮기며'라는 시의 각운자를 사용하여 그 시에 화답하다(和陶集移居韻)」 2수, 「도연명집의 '음주시'에 화답하다(和陶集飮酒)」20수를 짓기도 하였다.

이퇴계는 만년에 이퇴계 마을에서 지었던 시들 가운데 100여 수를 따로 모아 『퇴계잡영(雜詠)』이라는 자선집(自選集)을 엮기도 하였는데, 그 친필원고가 지금 계명대학교 도서관에 소장되어 있으며, 내가 그 책을 『이황, 퇴계마을에서 시를 쓰다』(장세후와 공역, 연암서가, 2009)라는 제목으로 낸 적도 있다.

50대 이후 만년의 퇴계의 모습에 관하여서는 뒤에 가서 다시 이야기하기로 하고, 바로 이어서 이퇴계 '30대 초반까지'의 삶과 시 몇 수를 소개하고자 한다.

2. "유독 만권 책을 사랑하여":
30대 초반까지의 삶과 시

"이퇴계," 본명은 이황(李滉)인데, "황"자는 "물이 깊고 넓다"는 뜻이다. 성인(成人)이 되면 부르게 되는 애칭인 자(字)는 "경호(景浩)"인데, "훤하게 밝고 넓은 물"이라는 뜻으로 이름 글자의 뜻을 더 넓고 분명하게 설명하여 준다. 1501년 음력 11월 25일에 지금의 안동시 도산면 온혜리에서 태어났다.

다섯 형님들의 이름이 잠(潛), 하(河), 의(漪), 해(瀣), 징(澄)으로 모두 삼수변이 이름 글자에 들어 있다. 이 중 위로 두 분은 김씨부인 소생인 이복형님이고, 아래의 세 분은 박씨부인 소생인 동복형제들인데, 이 중에서 해라는 분은 호를 온계(溫溪)라고 하며 벼슬길에 올라 충청감사, 대사헌 같은 높은 지위에까지 나아갔으나,

<표 1> **친가세계도**(퇴계가 지은 부모의 묘비문에 의거함)

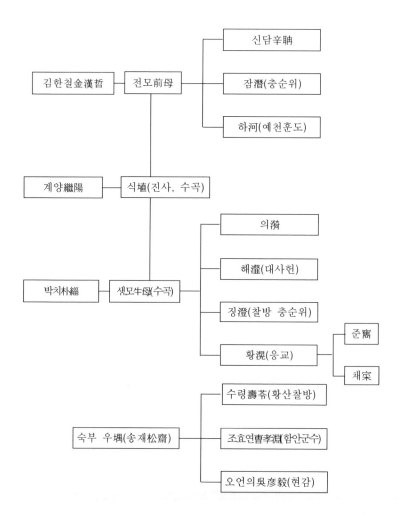

사화에 몰려 혹독한 고문을 당하고 귀양을 가는 길에 죽는 불운을 당하였다. 홍명희의 역사소설 『임꺽정』을 보면, 그의 시신을 임꺽정이 미아리에서 수습하여 주었다고 한다. 물론 이 이야기는 딴 기록에서는 찾을 수 없는 것이며, 그 소설에 나오는 이퇴계에 관련된 이야기도 연보와 맞추어 볼 때는 꼭 일치하지 않는다고 하나, 그 시대의 사회의 실정을 이해하는 데는 이 소설이 많은 도움이 되리라고 생각한다.

이 가문을 "진성이씨(眞城李氏)"라고 부르는데, 고려 시대에는 지금은 청송군의 일부가 된 진보(眞寶)라는 고을의 향리(鄕吏) 집안이라고 한다. 향리란 지방공무원이라는 뜻인데, 조선 시대에 들어와서는 아전이라고 하여 양반 아래의 중인계급으로 분류되었으나, 이 집안은 풍산, 안동 등지로 진작 옮겨 살면서, 국가의 공신도 나오고, 문관들도 배출되어 점차 이 안동 지역의 유력한 양반 가문으로 자리를 잡아가고 있었다. 증조부가 선산부사를 지냈으며, 조부와 아버지(埴)는 진사, 삼촌인 송재(松齋) 이우(李堣)는 진주목사를 거쳐 병조참판까지 역임하였다.

그런데 일반 사람들이 듣고 있는 이퇴계에 관한 상식은 대개 다음과 같이 시작되는 이야기다.

선생의 선조들은 7대 동안 꾸준히 적선을 하셨다. …… 아버지가 일찍 죽자…… 혼자된 어머니가 여러 자식들을 가난 속에서도 엄하게 키우고 잘 훈육해서…… 큰 인물이 되도록 하였다.

이러한 이야기들은 훌륭한 분들을 이야기할 때 흔히 사용하는 상투적이면서도 설화적인 요소가 매우 강하게 풍기는 것이다. 2살 때 아버지가 작고하였고, 어머니가 혼자서 자식들을 엄하게 키운 것은 사실이지만, "학자가 나려면 조부가 재산을 모으고, 아버지가 책을 모아야 한다"는 옛날부터 전하여 오는 속설이 있는데, 이 퇴계의 경우도, 사실은 이 공식에서 별로 벗어나지는 않는다. 그의 증조부와 조부가 이 안동의 예안 지역에 들어올 때는, 이 지역에 있던 땅들 중에 버려진 곳이 많았다는데, 많은 노복들을 데리고서 이런 곳을 개간하여, 이미 그 지역의 한쪽을 대표할 만한 지주, 사족(士族)이 되었다고 보는 것이 국사전공자들의 견해이다 (김건태의 「이황의 가산경영과 치산 이재」, 『퇴계학보』 130집, 2011,12 등 참조 요망).

그가 학자 되는 데 필요한 경제적인 기반(재산)은 이미 그렇디고 하기니의 그끼 브 책을 이대시 너은 끼인까?

이웃을 택하여 나 또한 서쪽 산마을 다 차지하여,

초가집 가운데 갖추었네, 만권 서책을

복린아역(卜隣我亦) 전서학(專西壑)하야

모옥중장(茅屋中藏) 만권서(萬卷書)라

앞서 한번 소개한 바 있는 47세 때 지은 「천사촌」이라는 제목
이 붙은 시이다. 이 시를 볼 때마다 나는 자못 무언가 좀 선뜻 납
득하기 어려운 구석이 있었다. 우선 "만권서"를(작고한 뒤에 한 제
자가 정리한 도서목록을 보면 실제로는 2천권 쯤 되었던 것 같다) 간
직할 수 있는 집이면, 그 규모가 여기서 표현한 것과 같이 조그마
한 "무옥(초가집)"으로도 가능할 것인가? 또 퇴계 선생은 다른 것
은 하나도 많이 가졌다고 자랑하는 것이 없는데, 유독 책이 많다
는 것을 이 시에서 자랑한다고 보는 것이 가능하겠는가? 그래서
나는 처음에는 이 시의 마시막 구절을 "초가집 가운데 갖추고 싶
네, 만권 서책을"이라는 식으로, 장래의 희망사항으로 보아 미래
시제로 번역하여 본 적도 있다. 그러나 농암 이현보 선생의 다음
시를 보면:

「듣자니 이경호가 천사촌으로 이사하였다고 하는데, "(초가집) 가운데 만권서를 간직하였네"라는 절구시가 있다. 그 시의 각운자에 이어 적어 옛적에 나누었던 농담을 계속하고자 한다(聞景浩移卜川沙, 有中藏萬卷之絶, 賡其韻以續舊戲)

> 지산의 옛 거처를 문제 삼는 게 무엇이 괴로울까?
> 시내 쪽도 오히려 새 터전 잡기에 좋겠지.
> 시보고서 옮긴 이치 분명하게 알게 되었고,
> 네 벽에 꽂은 책 모두 옮겨 갔다는 말 듣게 되었네.

> 하고지산(何苦芝山) 송구거(訟舊居)오
> 천사유가(川沙猶可) 복신허(卜新墟)라
> 종지이굴(從知理屈) 분명심(分明甚)하고
> 문진수이(聞盡輸移) 사벽서(四壁書)라

이 시를 이해하기 위하여서는, 역시 앞에서 두 번째로 소개한 「영지산의 달팽이 집(芝山蝸舍)」이라는 시를 다시 한 번 더 음미할 필요가 있다. "지산의 옛 거처"란 지산와사를 말한다. "문제 삼는" 나는 것은, 퇴계 선생이 젊을 때 호를 "지산"이라고 한 것을 보고,

농안 선생이 먼저 영지산 아래로 은퇴하여서 자기의 호를 "영지산인"이라고 할까 하는데, 젊은 사람이 어른이 사용하고자 하는 호를 미리 사용하면 되겠느냐고 항의를 하였다는 농담조의 이야기이다. 위의 시에서 주목되는 것은 "만권서"를 새 보금자리에 모두옮겨놓았다고 들었다는 표현이다. 이렇게 보면, 이 시보다 앞에서인용한 위의 시의 해석도 "만권서를 갖추고 싶다"가 아니라, "만권서를 갖추었네"로 해야만 한다.

그러면 그 많은 책이 어디에서 나온 것일까? 기대승이 지은퇴계 선생 아버지의 묘갈명을 보면 전취 어머니 김씨의 아버지김한철(金漢喆)이라는 예조정랑을 지낸 문관, 선비가 많은 책을가지고 있었는데, 젊은 나이에 죽자 그 미망인이 그것을 그의 사위인 퇴계 선생의 아버지에게 전한 것으로 적고 있다.

그러니 역시 학자가 되기 위하여서는 "아버지가 책을 모아야한다"는 속설과도 정확하게 부합된다고 할 수 있다. 이러한 시를주고받을 때가 퇴계 선생 40대 후반기에 속하지만, 퇴계 선생의책에 대한 애착과 자랑은 그보다 훨씬 더 젊을 때부터도 보이고,평생 동안 지속된 것 같다.

2살 때 아버지가 돌아가시고, 생모 춘천 박씨가 아버지 없는 자식들을 잘 지도하고 키워냈다는 것은, 그가 쓴 「생모 박씨의 묘지문」 같은 글에 잘 나타난다. 선생의 「연보」를 보면 10여 세 되었을 때 삼촌인 송재공이 진주목사로 있을 때 데려다가 『논어』 같은 책을 가르쳤는데, 매우 엄격하게 보살피면서 본문은 물론 주석 문장까지도 모두 외우게 하였다는 주목할 만한 기록도 보이며, 13세에 『도연명집』을 즐겁게 읽었다는 이야기도 보인다.

「가재(石蟹)」

돌을 지고 모래를 파니 절로 집이 되고,
앞으로 가고 뒤로도 가는데 다리가 많기도 해라.
한평생 흰 움큼 산 샘물 속에 살면서,
강호의 물이 얼마인지 묻지 않는다네.

부석천사(負石穿沙) 자유가(自有家)하고
전행각주(前行卻走) 족편다(足偏多)라
생애일국(生涯一掬) 산천리(山泉裏)하여
불문강호(不問江湖) 수기하(水幾何)라

15세 때에 지었다는 시인데, 지금 전하는 퇴계 선생의 시작품

가운데서는 가장 이른 것이다(이 번역문은 한국고전번역원에서 개설한 한국고전종합DB에서 그대로 따온 것이다). 어떤 사람은 이 시를 보면, 퇴계 선생이 평생 동안 벼슬길로 나아가기보다는, 도산이라는 골짜기로 돌아가서 살기를 열망한 뜻과 모습이 벌써 잘 나타나고 있다고도 한다.

16세 때에는 안동부사로 재임 중이던 삼촌 송재 공의 주선으로, 그의 14세 된 아들 수령(壽苓)과 함께 풍산의 봉정사에 들어가서 과거시험 준비 공부를 한 것 같다(졸고 「퇴계 부자와 과거시험」 참조 요망).

「들 못(野池)」

고운 풀 이슬에 젖어 물가를 둘렀는데,
고요한 맑은 못에는 티끌도 없네.
구름 날고 새 지나는 것이야 원래 제 맘대로이나,
단지 때때로 제비가 물결 찰까 두려워라.

노초요요(露草夭夭) 요수애(繞水涯)한데,
소당청활(小塘淸活) 정무사(淨無沙)라
운비조과(雲飛鳥過) 원상관(元相管)이나

지파시시(只怕時時) 연축파(燕蹴波)라

이 번역문도 역시 위와 같은 자료에서 인용되었으나, 다만 "원래"라는 부사 하나만 추가하였다. 18세 때 지은 시이다. 벌써 도학자로서의 조용하게 사색을 즐기는 면모가 보이기 시작하는 시이다. "元"자는 "原"자와도 통용되고, 管자는 이 경우에는 동사로서 "관리되다," "관할되다" "관통되다"는 뜻이 있으니, 이 구절을 직역하자면 "서로 관통되나" 정도이지만, "제 맘대로이나"로 옮긴 것도 무방하리라고 생각한다.

18세 때에는 정암 조광조가 특설한 현량과의 응시자로 지방에서 선발되어 다음해 봄에 서울에 올라가서 응시하였으나 4월 10에 치른 본시험에서는 불합격하였다는 설이 있다. 그러나 불합격되었다는 것을 별로 내세우고 싶지 않아서인지 『연보』에는 이 사실이 나타나지 않고, 다만 연보의 『보유』에만 이러한 말이 어렴풋이 보인다.

그 해(19세) 가을에 역시 과거를 보기 위하여 서울에 가서 있다가 9월 15일에 성균관으로 중종대왕을 모시고 나온 조정암 선생을 본 인상은 너무나 강렬하여 이후 평생 동안 그분을 흠모하며, 그분이 지향하던 노선을 지키려고 굳게 결심하게 되었다고 한다. 그러나 이때 서울에서 본 시험(문과 별시의 초시?)에서도 역시 낙방하였다.

　이 해에 송나라 성리학자들의 저술을 뽑아 묶은 『성리대전』의 첫 권(태극도설)과 마지막 권(권70, 시)을 읽었다고 하며 다음과 같은 시를 썼다.

　　　유독 숲 속 초당의 만 권 서책을 사랑하여,
　　　한결같은 심사로 지내온 지 십여 년이 되었다네.
　　　근래에는 근원의 시초를 만난 듯하여,
　　　오로지 내 마음을 가지고 하늘의 이치를 살피네.

　　　독애임려(獨愛林廬) 만권서(萬卷書)하여
　　　일반심사(　般心事) 십년여(十年餘)라
　　　이래사여(邇來似與) 원두회(源頭會)하여
　　　도파오심(都把吾心) 간태허(看太虛)라

　제목은 내 마음을 읊조린다는 뜻의 「영회(詠懷)」이다. 이 번역 역시 위와 같은 곳의 번역을 참고하기는 하였으나, 특히 아래 두 구절은 필자가 많이 바꾸었다. 이 시에서 이미 "만권서"라는 말이 보이기 시작한다. "태허"라는 말은 우주의 기본 원리로 보는 「태극도설」에 나오는 "태극," 그것은 곧 보아도 보이지 않기 때문에 다른 말로는 "무극(無極)"이라고 한다고 이 「도설」에서 이야기하는데, 이러한 말들과도 비슷한 뜻일 것이다. 이로 보면 이때 시속에 따라서 과거시험 공부도 어쩔 수 없이 하기는 하지만, 벌써 도학 연구에 몰두하려는 인생의 큰 목표가 확립되었다고 할 수 있다.

20세 전후에는 『주역』을 읽으면서 침식을 잊고 너무 깊이 생각하다가 건강이 나빠졌는데, 그 이후 평생 동안 밤에 잠을 잘 못 이루는 불면 증세를 가지게 되었다고 한다.

23세 때 서울로 올라가서 성균관에 유학하였으나 당시에 기묘사화를 겪은 지 얼마 되지 않아서 분위기가 좋지 않아서 겨우 2달 만에 귀향하였다고 한다. 그러나 이때 서울에서 성리학자들이 관심을 가지는 마음에 관한 여러 견해를 모아둔 『심경』이라는 책의 주석서인 『심경부주』를 구입한 것은 큰 소득이었다. 이 책에는 송나라 때의 백화문 투의 말이 많기 때문에 정확하게 해독하는데 큰 힘이 들었으나, 여러 달을 반복하여 읽어 보고서 그 뜻을 알아내었다고 한다. 그때 이러한 생경한 백화체 어휘의 뜻을 메모하여 둔 것을 뒷날 제자인 미암 유희춘이 보충 정리한 백화어휘 사건이 있었다는데, 뒤에 가서 후인들이 『어록해(語錄解)』라는 책을 낼 때

지침서가 되었다고 한다.

24세 때 다시 서울로 올라가서 과거시험을 보았으나 세 번째 또 낙방하였다고 한다. 합격여부에 별 관심이 없었기 때문에 별로 마음의 상처를 입지는 않았다고 하나, 누가 "이서방"하고 부르는 소리를 듣고, 자기를 부르는 줄 알고서, 크게 부끄럽게 여겼다고 한 적이 있었다고 한다. 왜냐하면 과거에 붙어 벼슬길에 오르게 되면 "나리"니 "영감"이니 하는 호칭을 붙여 부를 것인데, 일반 평민들을 부를 때 사용하는 "서방"이라는 호칭으로 자기를 부르는 것 같았기 때문이다. 이로 보면 그가 젊었을 때부터 아예 벼슬에 큰 관심이 없었다고 속단하는 것은 다소 성급한 억측에 불과할 것 같다.

27세 때에 다시 경상도 향시에 응시하여 신사시에 1능을 하고, 생원시에는 2등을 하였다. 다음해에는 서울로 올라가서 진사 회시에 응시하여 2등으로 합격하였다. 그 뒤에도 몇 차례나 서울과 경상도에서 서행된 대과 시험에 도전하기도 하고, 성균관에 다시 유학한 적도 있었는데, 33세 때 경상좌도에서 거행한 대과의 향시 초시에 응시하여 1등으로 합격하였다. 이때 남명 조식(曺植)은 2등으로 합격하였다.

그 다음해 봄에 상경하여 대과의 회시와 전시(殿試)에 연이어

합격하여 비로소 벼슬길에 오르게 되었는데, 처음 받은 벼슬은 권지 승문원 부정자라는 벼슬이며, 곧이어 예문관 검열 겸 춘추관 기사관 같은 벼슬에 임명되었다. 권지(權知)라는 말은 "임시로 어떤 일을 맡아 본다"는 뜻이며, 승문원이라는 기관은 외교문서를 관장하는 기관이다. 대개는 문필이 뛰어난 문관들이 겸직하는 부서이다. 예문관은 임금의 말이나 교명(敎命)을 대신하여 짓는 것을 담당하던 기관이니 역시 대단한 부서라고 할 수 있다. 춘추관은 역사를 기록하는 관청이다.

이상이 대개 퇴계 선생의 벼슬길에 오를 때까지의 이력이다. 그의 결혼 생활과 가족상황에 대하여서는 앞에서 한번 언급한 바 있다.

위에서 20세 이전에 쓴 시 3수를 소개하였는데, 20세 이후부터 30세 사이에도 몇 편의 시를 지었다는 증거를 여러 문헌에서는 찾을 수 있으나, 지금까지 그러한 작품의 원문이 전하는 것은 앞에서 소개한 「영지산의 달팽이 집(지산와사)」 이외에는 거의 없다. 다만 한 가지 재미있는 이야기는 그가 28세 때 청량산의 백운암이라는 암자에 지어준 「백운암기(白雲菴記)」라는 글 한편이 지금도 전하고 있다. 비록 젊을 때 지어준 것이라고는 하지만, 퇴계 같은 정통 유학자가 승려의 요청을 받고 절에 글을 적어주었다는 점이 자못 이채롭다. 이 글은 그의 목판본 『퇴계선생문집』에는 수록되어 있지 않고, 필사본 문집인 『도산전서』의 유집외편(遺集外篇)에만 보일 뿐이다. 아마 문집 편집자들이 이렇게 승려들에게 지어준 글을 문집에 싣는다는 데 많이 주저하였다는 증거가 될 것이다.

「길재 선생님의 정려각에 들러(過吉先生閭)」

아침에 길을 떠나 낙동강 물을 지나가니,
낙동강 물은 얼마나 끝없이 넘치는가?
낮에 잠깐 쉬면서 금오산(金鰲山)을 바라보니,
금오산은 울울창창한 숲이 굽이굽이 서려 있구나.
맑은 개울물 두터운 땅을 뚫고 흐르고,
가파른 절벽 높고도 찬 겨울 하늘에 솟아 있구나.
그 아래 한 마을 있어 봉계라 이름하니,
이에 산과 강 사이에 자리잡고 있구니.
길(吉) 선생님께서 그 마을에서 이름을 숨기고 사셨다고,
사시던 집 앞에 정문을 세우라는 명령이 내렸다네.
큰 의리만은 굽힐 수 없는 것이지,
어찌 현실을 도피하였다고 말할 수 있겠는가?

천년전 부춘산(富春山)에서 낚시하던 기풍이,

다시금 우리 동쪽 삼한 선비들을 감격하게 하였네.

부축하고 지탱하시려고 하여도 이미 미칠 방법이 없었으나,

절개를 세움은 영원히 굳고도 완전하였네.

대장부는 큰 절개를 귀하게 여기지만,

평상시에 그것을 아는 것은 어렵다네.

아아! 그대들 세상 사람들이여!

부디 높은 벼슬을 사랑하지 말라.

조행(朝行) 과락수(過洛水)하니

낙수(洛水) 하만만(何漫漫)고

오게(午憩) 망오산(望鰲山)하니

오산(鰲山) 울반반(鬱盤盤)이라

청류(淸流) 철후곤(徹厚坤)하고

초벽(峭壁) 능고한(凌高寒)이라

유촌(有村) 명봉계(名鳳溪)하니

내재(乃在) 산수간(山水間)이라

선생(先生) 회기중(晦其中)하니

표려(表閭) 조명반(朝命頒)이라

대의(大義) 불가뇨(不可撓)니

개빌(豈可) 사신환(辭塵寰)하고

천재(千載) 조대풍(釣臺風)이1)

재사(再使) 격동한(激東韓)이라

부지(扶持) 이무급(已無及)이나2)

식립(植立) 영견완(永堅完)이라

장부(丈夫) 귀대절(貴大節)이나

평생(平生) 지자난(知者難)이라3)

차이(嗟爾) 세상인(世上人)아

신물(愼勿) 애고관(愛高官)하라

이 시는 33세 때에 지은 것인데, 지금 통행되는 이퇴계 선생
문집(목판본)의 제일 앞에 나오는 시다. 이 해에 퇴계 선생은 전

---

1) 조대(釣臺): 후한(後漢)을 건국한 광무제(光武帝) 유수(劉秀)의 옛 친
   구였던 엄광(嚴光: 자는 子陵)이 진구가 천자가 된 뒤에 여러 번 간곡하
   게 초청을 하였으나 나아가지 않고, 부춘산(富春山—지금 杭州의 富春
   縣에 있음)에서 밭을 갈고 낚시를 하고 지냈다고 함. 그가 낚시하던 곳을
   '엄릉조단(嚴陵釣壇)'이라고 부른다고 함.
2) 부지(扶持): 넘어지려 할 때 붙들어 주고 위태로울 때는 부축해준다는 부
   전지위(扶顚持危)의 준말임.『논어』계씨(季氏)가 "위태로운데도 붙들어
   주지 못하고 넘어지려 하는 데도 부축해주지 못한다면 장차 그런 신하를
   어디에다 쓰겠느냐?"(危而不持, 顚而不扶, 則將焉用彼相矣) 이는 길
   재 같은 인재로도 이미 망해가는 고려를 되돌리기에는 역부족이라는 비유
   로 쓰인 것임.
3) 평생(平生): 여기서는 일생이라는 뜻보다는 평소, 평소의 뜻이나 업적이라
   는 뜻으로 사용되었음.『논어』원헌이 묻기를(憲問) "이익을 보면 의로움
   을 생각하고, 위험함을 보면 목숨을 바쳐야 하며, 오랫동안 곤궁하더라도
   이러한 평소에 한 말을 잊어버리지 말아야 또한 온전한 사람이라고 할 수
   있느니라"(見利思義, 見危授命, 久要不忘平生之言, 亦可以爲成人
   矣).

취처가의 본가가 있는 의령을 비롯하여 경상남도의 여러 지방을 여행하였는데, 이 여행길에서 지은 시 109수를 모아서 『남행록』, 당시에 과거 응시차 서울에 오르내리면서 지은 시 39수를 모아서 『서행록』이라는 이름을 붙인 기행시집 초고를 만들었다고 하나, 지금은 전하지 않고, 거기에 실린 시들의 대부분 문집의 본집과 외집, 별집, 속집에 분산되어 실려 있다.

남쪽 여행 순서로 보아서는 예안의 집에서 출발하여, 예천, 상주(관수루) 등지를 경유하면서 먼저 지은 시들도 있지만, 선산의 봉계리에서 지은 이 시를 문집의 첫머리에 놓은 것은, 시 자체의 문학적인 가치보다는, 조선 왕조에 들어와서 영남의 유학의 문을 연 야은 길재 선생의 정신을 퇴계 선생이 바로 잇고 있다는 상징성을 강조하기 위함일 것 같다.(2012.4.9)

3. "금마문 드나드는 선비들 틈에 잘못 끼어들어": 출사(出仕) 초기의 시

　34세에 대과에 급제하여 궁중에 들어가서 근무하면서, 이퇴계 는 서울의 서소문에 있던 후취 권씨부인의 친정에서 소유하고 있 던 집을 얻어 가지고 살았다고 한다. 그 집터는 지금의 서울시립 미술관 구내였다고 하며, 그 이후에도 계속하여 서울에 올라가서 벼슬할 때는 언제나 이 서소문 집에 들어가서 머물게 된다.

　37세 때부터 39세 때까지 2년 동안은 어머니 박씨의 상을 당 하여 잠시 관직에서 물러나 있었으나, 탈상을 한 뒤에 다시 홍문 관의 수찬(정6품)이 되었다. 여기서는 그의 30대 중반부터 40대 중반까지 약 10년간의 "출사 초기"의 삶과 시를 다루기로 한다. 그러나 상주가 되어서는 시를 짓지 않는다는 관례 때문이기도 하 겠지만, 30대 중반부터 40세에 이르기까지 남긴 작품은 별로 많지 않기 때문에 주로 40대 이후의 작품을 언급하기로 한다.

『퇴계연보』에는

　　신축년 선생 41세, 3월에 경연에 들어가서 아뢰었다. 휴가를 내려주
　어서 독서하게 하였다. …… 거기에 선택된 자는 영광스럽기가 선관(仙
　官)에 비교되기도 하였다. …… 남쪽 다락 왼편에 조그만 집을 지어 문
　회당(文會堂)이라 이름하였는데, 해마다 이 서당에서 주고받은 시작
　(詩作)이 여러 편 있었다. …… 자문점마관(咨文點馬官)으로 의주까지
　갔다. 부교리로 승진되어 빨리 오라는 재촉을 받고 조정으로 돌아왔다.

라는 기록이 보인다. 41세에 봄에 의주까지 나가서 지은 「의주에
서 이것저것 보는 대로 읊음(義州雜詠)」 12수가 전하고 있다. 이
중에 몇 수는 그의 많은 시 가운데서도 가장 우수한 작품으로 손
꼽히기도 한다. 그 중에서 2수만 인용하여본다.

　「압록강이란 천연 요새지(鴨綠天塹)」

　해 저무는 국경지대의 성에 올라 홀로 난간에 기대고 섰으니,
　한 소리 북쪽 나라들 피리소리 수루 위에 들려오네

그대에게 부탁하여 알고저 하니 중국과의 경계가 어디쯤인지,

웃으면서 손짓하네 긴 강의 서쪽 언덕에 있는 산을.

일모변성(日暮邊城) 독의란(獨倚闌)한데

일성강적(一聲羌笛) 수루간(戍樓間)이라

빙군욕식(憑君欲識) 중원계(中原界)하니

소지장강(笑指長江) 서안산(西岸山)이라

「청심당(淸心堂)」

빈 헌 함 성긴 기둥 이 마루를 사랑하여,

병든 나그네 편안히 누워 여행에 고달픈 몸을 풀고자 하네.

어찌 감당히겠는가? 고을 원님 사람을 취하게 만듦을,

철부지 단장한 기생아이들 손님 마음 차가움을 웃고 있다네.

허함소령(虛檻疎櫺) 애차당(愛此堂)하여

병부안와(病夫安臥) 세진망(洗塵忙)이라

나감주수(那堪主帥) 도인취(挑人醉)오

불분홍장(不分紅粧) 소객량(笑客凉)을

53

자문점마란 중국에 나갔다가 들어오는 사신 일행이 지니고 오는 공문서와 타고 들어오는 말을 점검하는 임시적 벼슬인데, 의주까지 나간 것은 그의 일생에서 가장 멀리 나간 여행에 속한다. 앞의 시는 압록강 넘어 보이는 중국 땅을 바라보고서 쓴 것인데, 몇 자 되지 않는 짧은 시구에서 청각적인 연상과 시각적인 연상을 동시에 불러내는 아름다운 작품이다.

청심당은 의주 관아 북쪽에 있는 정자이며 의주부의 객관인데, 여기에서 중앙정부에서 파견되어 나온, 직급은 비록 의주부윤(종2품)보다 훨씬 낮지만, 사간원 정언(정6품)으로 승문원(외교문서 담당부서) 교검(校檢)을 겸하면서, 조정으로 돌아가서 임금님의 명령으로 나가는 문서를 초안하고(지제교), 임금님의 강의에도 참가(경연시독관)하게 되는 이 막강한 권력의 핵심에 있는 40대 초반의 하급관리에게, 아름다운 기생을 불러다놓고 시중을 들게 하면서, 극진한 환대를 베풀고 있었음을 엿볼 수 있다. 당시 그가 누리고 있던 특수한 지위 때문에, 이러한 환대는 실제로 가는 곳마다 받았을 터이지만, 이렇게 환락적인 분위기를 사실 그대로 적어둔 시는 그의 문집에 별로 전하지 않는다.

42세 때 이퇴계는 의정부의 검상(檢詳)이라는 5품 벼슬을 하면서, 봄에는 충청도로, 가을에는 강원도로 나가는 어사로 선발되어

나가서 흉년에 백성들이 어떻게 살아가는지 돌아보고 왔으며, 그 다음해 봄에도 역시 어사로 경기도를 둘러보고 왔다. 다음 시는 이때 동복형님인 온계는 47세로 홍문관의 직제학(直提學)이라는 정4품 벼슬에 있으면서 1월 달에 경상도의 기근을 구제하는 특사(경차관)로 선발되어 나갔는데, 퇴계가 3월 달에 충청도 어사로 나가 밤중에 태안반도 쪽으로 말을 타고 달리면서 쓴 작품이다.

이때 형님이 기근으로 고생하는 백성을 돌보기 위하여 조정에서 파견된 진휼 경차관로서 차출되어 영남에 계시고, 나는 기근을 구제하고 나쁜 짓을 하는 관리들을 조사하는 어사로서 호서에 나와 있다(時, 兄賑恤敬差在嶺南, 滉以救荒摘奸御史往湖西).

「태안에서 새벽에 달려가면서, 경명형님을 생각하노라泰安 曉行, 憶景明兄」

군의 성문 앞에서 호각을 불어 밤에 성문을 열게 하니,
오직 임금님 명령 받드는 길이라 급하게 역마를 갈아타고 달리네.
덜 깬 꿈결 안장에 묶은 채 몸은 얼얼한데,
떠도는 빛 바다에 연하였고 달빛만 환하네.

인기척에 놀란 학은 외딴 섬으로 도망치고,

비를 틈탄 밭갈이꾼들은 먼 마을에 나타나네.

영남과 호서가 서로 바라보기에 천 리 길이나 떨어져 있으니,

알지 못하겠네, 어느 곳에서 달려가는 수레를 조심하고 계시는지.

군성취각(郡城吹角) 야개문(夜開門)하니

지위왕도(祇爲王途) 급일분(急馹奔)이라

유광련해(遊光連海) 월흔흔(月痕痕)이라

경인별학(驚人別鶴)은 투고서(投孤嶼)하고

진우경부(趁雨耕夫)는 출원촌(出遠村)이라

호령상망(湖嶺相望) 격천리(隔千里)하니

부지하처(不知何處) 계정원(戒征轅)고

형제가 모두 요직에 근무하면서 국가의 중요한 일을 수행하기
위하여 임금님의 특명을 받들고 동분서주하는 모습을 매우 힘차
게, 또 긍지를 가지고 묘사한 시이다. 여기서 경차관이나 어사가
하는 일은 비슷한 것 같은데, 다만 직급이 높으면 경차관, 낮으면
어사라고 부르는 것같이 보인다. 또 흔히 어사라는 말만 나오면,
야담에 많이 나오는 박문수나 춘향전에 나오는 이도령같이 변장
을 하고 다니는 암행어사를 생각하는데, 이때 퇴계는 암행어사는

아닌, 어명을 받드는 신분을 밝히고 다니는 특별 감사관이었다. 이때 공주에 이르러 그 고을의 부수령인 판관(종5품) 인귀손(印貴孫)의 비행을 적발하여 파면시켰다고 한다.

이렇게 어사로 여러 곳을 다니면서 눈으로 본 일반평민들의 처참한 삶, 여러 곳의 역사유적, 강원도 같은 산촌의 아름다운 자연 풍광 같은 것을 읊은 시를 여러 수 남기고 있다.

「전의현 남쪽으로 가다가 산골 마을에서 굶주린 사람을 만나다(全義縣南行, 山谷人居, 遇飢民)」

집은 헐고 옷은 때 묻었으며 얼굴엔 짙은 검버섯 피었는데,
괸이에는 곡식 비고 들판에는 푸성귀마저 드무네.
온 사방 산전에 꽃만 비단같이 곱게 피었으니,
봄 귀신이야 어찌 알리요? 사람들 굶주리는 것을.

옥전의구(屋穿衣垢) 면심리(面深梨)한데
관속수공(官粟隨空) 야채희(野菜稀)라
독유사산(獨有四山) 화사금(花似錦)하니
동군나득(東君那得) 식인기(識人飢)오

역시 42세 때 봄에 충청도에 어사로 나갔을 때 지은 시이다. 첫 구절에 나오는 '이(梨)' 자는 "나이 많은 노인의 노쇠한 얼굴을 형용하는 말인데, 언 배에 빛이 다하여 때가 끼어 있는 것같이 보이는 것을 형용 한다"는 주석도 있고, 이 글자와 '검을 여(黎)'자가 통용된다는 주석도 있다(졸역, 『퇴계시풀이』 6, 109쪽 참조). 어떻든 간에 노쇠하여 볼품없는 모습을 형용한다.

이 당시에 서민들이 실제로 얼마나 못 살았는가 하는 것은 『임꺽정』 같은 소설을 보면 상상이 될 것이다. 이 시는 굶주려 볼품없이 된 가련한 서민들의 모습과 화사한 봄날 꽃의 모습을 매우 극명하게 대조하면서 한탄하고 있다. 어사로서의 그의 고민을 잘 살필 수 있다.

필자는 위에서 말한 의주까지 공무로 출장 나갔을 때 쓴 시와 이때 어사로 돌아다닐 때 쓴 시를 「이퇴계의 사행시」(『퇴계학연구』 제2집, 1988)라는 제목으로 묶어 소개한 적이 있다.

이 '출사 초기'에 퇴계 선생은 서울에 올라가서 여러 가지 벼슬을 받기도 하고, 또 사양하여 물러나기도 하는데, 그는 처음부터 주로 임금님을 매우 가까이 모실 수 있는 홍문관(弘文館) 같은 중요부서의 여러 가지 청요직(淸要職)을 많이 역임하였음을 알 수 있다. 그렇게 된 데는 무엇보다도 그의 탁월한 실력과 고상한 인품이 크게 작용하였음은 두말할 나위도 없다.

그는 41세부터 44세까지 몇 차례나, 사가독서(賜暇讀書)의 특전을 받아서, 조정의 관직을 가지고 있으면서도, 지금의 서울 옥수동(어떤 때는 압구정동) 같은 한강 주변의 풍광이 아름다운 마을에 마련된 특별한 도서가 갖추어진 훌륭한 연구시설에 들어가서 몇 주씩 공부를 하고, 많은 시를 지었다.

이 사가독서는 세종 때 신숙주, 성삼문 등 장래가 촉망되는 유망한 학자들을 절에 들어가서 독서하게 한 상사독서(上寺讀書)에서 비롯되어 세조와 연산군 때는 일시 폐지되기도 하는 등 단속적으로 이어져 오다가 중종 때 다시 부활되었다고 한다. 학문연마 이외에, 이 모임을 유지하는 또 한 가지 중요한 목적은 중국에서 사신이 나오면, 그들과 어울리어 시문을 즉석에서 주고받게 할 수 있는 문필이 유능한 인재를 배양함에 있었다고도 한다. 그래서 사가독서하는 사람들에게 자주 시를 짓게 하고, 매월 그들이 지은 시를 임금님께 바치게 하기도 하였다고 한다.

「구월 구일에 홀로 독서당 뒤에 있는 푸른 산허리에 올라서:

임형수에게 띄우노라(九日獨登書堂後翠微, 寄林士遂)」 1)

어진 임금님께서 동관(東觀)을 여시고는,

장차 세상을 상서롭게 할 글 나옴 기약하여 보시네.

나 같은 쓸모없는 인간 끼어 있음이 부끄러우나,

봉황과 용 움직이는 좋은 문장 기쁘게 보게 되었네.

즐거운 일 맑을 시절에 얻는 것이라,

그윽한 향 앉자마자 풍겨오네.

고향은 천 겹 산둥 밖에 있으니,

술에 취한 눈 다만 돌아가는 구름만 흘려보낼 뿐.

성주(聖主) 개동관(開東觀)하시2)

장기(將期) 서세문(瑞世文)이라

---

1) 임사수(林士遂): 임형수(林亨秀: 1504~1547)의 자(字), 호는 금회(錦湖). 중종 26년인 1531년에 진사가 되고 동 30년에 문과에 급제하여 사관(史官)이 되었으며, 문·무에 두루 뛰어나서 국가에 중용될 것으로 촉망되었으나, 명종 때 을사사화가 일어나면서 제주목사로 좌천되고, 또 윤원형(尹元衡)에게 윤임(尹任)의 일당으로 지목되어 양재역(良才驛) 벽서 사건이 빌미가 되어 정미사화(丁未士禍) 때 결국 죽음을 받았다.

2) 성주개동관(聖主開東觀): 『후한의 역사 화제의 전기와 연대기(後漢書和帝本紀)』 영원(永元) 13년(101년) 조(條) "화제가 동관에 행차하시어 도서실을 둘러보시고 각종 서적을 살펴보신 뒤, 학문에 뛰어난 선비들을 널리 선정하시어 그 관청의 관리로 충원하셨다." 당나라 때의 비서성(秘書省) 시름의 중앙도서관 같은 것을 동관(東觀)이라고도 하고, 봉관(蓬觀)이라고도 하였다.

괴첨(愧添) 저력산(樗櫟散)이3)

흔도(欣覩) 봉리분(鳳螭紛)이라4)

낙사(樂事)를 청시득(淸時得)하니

유향(幽香)이 소좌문(小坐聞)이라

고향(故鄕)은 천수외(千岫外)니

취안(醉眼) 송귀운(送歸雲)이라

이 시에 나오는 9일은, 음력 9월 9일로 중구(重九: 重陽節)라고
도 하며, 형제들 머리에 산수유 꽃가지를 꽂고 함께 높은 곳에 올
라가서 놀던 습관도 중국에 있었다고 한다. 이 시를 지은 때는,
퇴계는 43세로 서울에서 벼슬(司諫院의 司諫 등)을 하고 있는 도중
에, 다시 독서당에 들어가서 사가독서하면서, 중양절을 맞이하여
적은 것이다. '취미(翠微)'라는 말은 "푸른 기운이 희미하게 감도
는 것"이라는 뜻인데, 산턱에 오르면 이러한 기운이 감돌기 때문

---

3) 저력(樗櫟): 가죽나무와 상수리나무. 재목으로 사용하기에 부적합하기 때문
    에, 재능이 보잘것없다는 뜻의 비유로 사용함. 『장자』 「소요유(逍遙遊)」
    "큰 나무가 있는데 사람들은 가죽나무라고 이른다. 그 바탕은 울퉁불퉁하여
    목수의 먹줄조차 갖다 댈 수가 없다. 그 잔가지는 꼬불꼬불하여 자를 갖다
    댈 수가 없다. 길가에 서 있으나 목수가 둘러보지도 않는다."

4) 봉리분(鳳螭紛): 당나라 한유(韓愈)의 「구루산(岣嶁山)」 "(禹 임금의
    사적비에 적힌 고대문자들이) 올챙이 같은 글자는 몸체가 주먹을 쥔 듯하
    고 엽교잎 같은 글자체 펼쳐져 있으며, 난새가 나부끼고, 봉황이 깃들며,
    호랑이와 이무기가 서로 잡아당기는 듯하네."(科斗拳身薤倒披, 鸞飄鳳
    泊拏虎螭)

61

에 '산턱'을 이렇게도 표현한다.

「독서당에서 김주의 가을에 느낌이라는 시를 보고서, 그 시의 각운 자에 맞추어 짓다(書堂, 次金應霖秋懷)」[1]

가을이 와서 오동나무가 한 해를 흔들어 놓으니,
고향 산천 등지고 있다는 오래된 아쉬움 되 솟아나네.
병고 속에서도 성인이라고 불렀다는 술이 오히려 생각나지만,
가난 속에서도 돈을 형님같이 섬겼다는 말 어찌 달게 여기겠는가?
자줏빛 기운 띤 노자(老子) 같은 신선은 함곡관 밖으로 나갔고,
누른 관 쓴 하지장(賀知章) 같은 도사는 거울 못 곁에서 놀았다네.
평소에 금마문 안을 드나드는 선비들 틈에 잘못 끼어들어,
제 집에서 한마디의 마음 밭을 가꿀 틈도 얻지 못하네.

추입오동(秋入梧桐) 감일년(撼一年)하니
번사숙채(飜思宿債) 부산천(負山川)이라
병중유억(病中猶憶) 성호주(聖呼酒)하고[2]

---

1) 김응림(金應霖): 김주(金澍: 1512~1563)의 자, 호는 우암(寓菴), 중종 34년(1539) 별시(別試) 문과(文科)에 장원으로 급제하여 사가독서에 뽑혔으며, 예조참판에까지 이르렀다. 명종 18년(1563)에 종계변무 사건 때문에 명나라에 사신으로 갔다가 북경 관사에서 병들어 죽었다. 선조 때 광국공신(光國功臣)으로 [illegible]에 [illegible]다.
2) 성호주(聖呼酒): 『삼국지 · 위지 · 서막의 전기(三國志 · 魏志 · 徐邈傳)』

빈리녕감(貧裏寧甘) 형사전(兄事錢)가3)

자기선인(紫氣仙人)은 함곡외(函谷外)하고4)

황관도사(黃冠道士)는 감호변(鑑湖邊)이라5)

평생류측(平生謬厠) 금규언(金閨彦)하여6)

불급거가(不及渠家) 양촌전(養寸田)이라

"위나라 건국 초기에 상서랑이 되었는데, 당시에는 법령으로 금주령을 내리고 있었으나 서막은 밀주를 마시다가 많이 취하였다. 형리(刑吏)인 조달(曹達)이 법에 의거하여 심문을 하니, 막이 '성인을 마셨다'(임금을 쏘았다는 뜻도 있음)고 하였다. 조달이 이 말을 위 태조(曹操)에게 아뢰자 태조는 크게 노하였다. 그때 도료장군(度遼將軍) 선우보(鮮于輔)가 나아가서 말하기를 '평일에 취객은 맑은 술을 성인이라 말하고, 탁한 술을 현인이라 말합니다. 서막은 성격이 평소에 근신하는데, 우연히 취하여 그렇게 말했을 따름입니다'라고 하여 겨우 형을 면하게 되었다." 당나라 이백의 '달 아래서 홀로 마시다(月下獨酌)' 네 수 중 둘째 시 "이미 청주를 성인에 비유한다는 말 들었거늘, 다시 탁주를 현자와 같다 하네."(已聞淸比聖, 復道濁如賢)

3) 형사선(兄事錢): 진(晉)나라의 은자(隱者)인 노포(魯褒)가 「돈 귀신을 논함(錢神論)」을 지어 돈을 신명(神明)과 같이 받드는 낭시의 풍조를 풍자하였는데, 그 중에 "돈을 형님과 같이 가까이 받든다(親之如兄)"는 말이 있음.

4) 자기선인(紫氣仙人): 『여러 신선들의 전기(列仙傳)』 "노자가 '주나라의 도서관장 직을 사임하고' 서쪽으로 가는데 함곡관의 수비장인 윤희에게 아득히 보랏빛 기운이 관(關)의 위에 떠 있는 것이 보였는데, 노자가 과연 푸른 소를 타고 지나가는 것이었다."

5) 도사감호변(道士鑑湖邊): 『새로 쓴 당나라의 역사·하지장의 전기(新唐書賀知章傳)』 "천보 초(3년) '비서감(국가도서관장)'을 지낸 하지장이 병이 들어 …… 이에 도사가 되어 귀향할 것을 청하자 조서를 내려 이를 허락하였으며 …… 또 조서로 '그의 고향인 절강성의' 경호(鏡湖: 鑑湖라고도 함)와 섬천(剡川)의 땅 일대를 하사하였다."

6) 금규언(金閨彦): 한나라 때 미앙궁(未央宮)에 있는 노반문(魯般門) 밖에 구리로 만든 말이 있었기 때문에 '금마문(金馬門)'이라고 부름. 한 무제가 공손홍(公孫弘) 같은 학자들을 이 문을 통하여 불러들였기 때문에, 뒤에 문인으로서 벼슬하는 것을 '금마문에 들어간다'고 함. '금규(金閨)'는 금마문의 다른 칭호임.

영남대학교 도서관의 동빈(김상기) 문고에는 퇴계 선생이 43세 때 다시 사가독서할 때, 당시 이 독서 모임을 지도하고 있던 대제학 성세창(成世昌)이 친필로 쓴 동기생 명부인 「호당수계록(湖堂修楔錄)」 원본이 전하고 있다. 거기에 보면 46세로부터 29세까지의 선발된 관리 13명의 명단이 적혀 있다. 그 중에는 34세인 승문원 부정자(副正字)인 하서 김인후(金麟厚)의 이름도 보이고, 위의 시에 나오는 우암 김주는 32세, 이조좌랑, 금호 임형수는 30세, 회령판관이란 관직이 적혀 있다.

추회(秋懷)는 "가을이 되면 느끼게 되는 회포를 적는다"는 뜻으로 중국이나 우리나라 문인들의 한시(漢詩)의 제목으로 많이 사용되며, 『퇴계집』에도 똑같은 제목의 시가 있다. 이 시에서는, 당시의 젊은 문관들이라면 모두가 선망할 자리에 올라서 있음에도 불구하고, 벼슬길에 묶여 어느 듯 서울에서 한 해를 보내게 된 답답한 심경을 읊고 있다. 노자나 하지장같이 국가의 도서관장을 지내다가도 버리고 떠난 신선 같은 사람들과도 같이 자기도 이 답답한 어용[관각(館閣)] 문인 생활을 떠나서 고향으로 물러가서 베 움이나 닦고 있으면 좋겠다는 뜻을 담았다.

대체로 한시를 보면, 관계로 나와서 평소의 소망을 성취하게 되어 행복하다는 내용을 읊조리기보다는, 이렇게 벼슬을 버리고 떠나 신선과 같은 자유로운 몸이 되고 싶다는 내용을 담은 주제가 주류를 이루고 있는데, 이퇴계의 시도 이러한 점에서는 예외가 아니다.

일반적으로 한시에는 전고가 많이 사용되는 것이 특징이기는 하지만, 위의 시 2수에도 어려운 전고가 많다. 이퇴계는 도연명과 같이 담담한 시를 짓기도 하였지만, 이렇게 전고가 많이 들어가는 읽기에 쉽지 않은 시도 많이 지었다. 박은(朴誾), 이행(李荇), 정사룡(鄭士龍) 등으로 대표되는 16세기의 우리나라 시풍의 주류를 해동강서시파(海東江西詩派)라고 부르는데, 송(宋)나라 때 중국 강서 출신인 황정견(黃庭堅) 같은 사람의 시풍을 추종하는 유파를 말한다. 이 일파는 두보에 이르러 완성된 한시의 한계를 극복하는 방법은 이미 있었던 전고를 어떻게 다시 교묘하게 결합하여 새로운 맛을 내게 '환골탈태'하느냐 하는 데 있었다.

서울의 국립중앙도서관에는 퇴계 선생의 장서인이 찍혀 있고, 책갈피에는 여러 가지 공부한 흔적을 남기고 있는 조선판본 황정견의 문집이 한 질 수장되어 있다. 이로 보면 이퇴계가 젊을 때에 황정견의 시도 애독하였음을 알 수 있다. 위의 시 자체가 꼭 해동강서시파의 특성을 구비하고 있는지 아닌지 따지자면 좀 더 전문적인 검토가 필요하기는 하겠지만, 이퇴계의 시 중에 상당수가 읽기에 그렇게 쉬운 것이 아니라는 본보기로 여기 한두 수를 인용하여 보았다.

아마 그 시대를 대표하던, 홍문관과 예문관에 속하였던 위에서 말한 관각문인들이 주도하던 강서시파의 시풍에, 이퇴계 선생도 장래가 촉망되는 젊은 관각문인으로서, 스스로 의식하였든 아니 하였든 간에, 상당한 영향을 받았을 것같이 생각된다. 더구나 감정을 중시하는 당시보다는 이성을 중시하는 송시를 더욱 선호한다는 것은, 송나라의 성리학을 중시한 학자인 이퇴계에게는 아주 당연한 이야기로 보인다.

40대 전반의 이퇴계의 관료로서의 발자취는 위에서 살펴보았듯이 문관으로서의 출세가도를 아주 성공적으로 달리고 있었다. 그러나 마음속으로는 그렇게 달려가고 있는 자신의 모습에 대하여 매우 불안함을 느끼고도 있는 것같아 보인다. 계속되는 사화 때문에 그가 추종하고자 하였던 사림파의 선배들 중에서 정계에 발을 들여놓았던 정암 조광조, 회재 이언적, 충재 권벌 같은 분들이 죽음을 당하거나 귀양을 가게 되는 불운이 연속되었기 때문에 선비로서의 그의 삶이 조정에서 이루어질 수 없으리라고 심각하게 느꼈을 것이다. (2012.6.7.)

4. 천리 길 돌아감에 너를 저버리기 어려워:
출사후기의 시

여기서는 이퇴계 선생의 45세부터 50세까지 시를 다루기로 한
다. 이 시기에 그는 중앙 정부에서는 은퇴할 뜻을 굳히고 고향에
자주 내려와서 지내다가, 지방의 수령으로 발령을 받아서 조금 근
무하다가 물러난다. 이 시기는 말하자면 반쯤은 관직에 근무하고
반쯤은 시골에서 머문 '출사'와 '은퇴'가 뒤섞인 시기라고 말힐 수
있다.

앞서 몇 년간 서울에서 벼슬하는 동안 정계의 움직임에 대하여
서는 실망과 좌절을 실감하기도 하였지만, 학문상으로 말하여도
그의 서울의 생활이 전혀 무의미한 것은 아니었다. 그는 서울에
가서 조정이나 동호의 독서당이나 성균관에 자주 드나들면서 당
시로서는 최고 수준의 학술정보와 최고 수준의 인물들을 두루 접

할 수도 있었을 것이다. 그 중 우선 가장 주목할 만한 소득은 그가 서울에 있는 동안 처음으로 주자의 전집인 『주자대전』이라는 책을 처음으로 접할 수 있었다는 점이다.

이 책은 이조 초기에 조선에서 한번 간행된 적은 있다고 하나 거의 보급되지 않았던 것 같은데, 이퇴계가 서울에서 벼슬하고 있는 동안 조정의 인쇄기관인 교서관에서 다시 간행될 때, 그가 직접 이 책의 교정 작업에도 참여할 기회를 얻었다고도 하며, 이 책을 손에 넣게 된 뒤로는 이 책을 마치 '신명(神明)'을 모시듯 하였다고 한다. 40세가 넘어서 겨우 입수한 『주자대전』을 가지고 주자를 본격적으로 연구하기 시작하여, 뒤에 가서 주자 연구에서는 중국의 연구수준을 뛰어넘는 학자가 되었음은 매우 놀랄 만한 일이다.

이때에 그는 중앙정부에서도 벌써 인품이나, 학문이 잘 알려져 탄탄한 지위를 확보하고 있었지만, 고향에서도 이미 상당한 경제적인 기반을 구축하고, 여러 가족들과 모여서 함께 생활할 수 있는 공간, 혼자서 독서하고 사색하고 집필할 수 있는 공간, 또 제자들을 가르칠 수 있는 공간 같은 것 등등을 고려하고 몇 차례에 걸쳐서 땅을 옮겨가면서 큰 기와집과 조그마한 초가집을 지었던 것 같은데, 그 사정에 대하여서는 이미 「그는 어디 살았는가?」에서 조금 설명한 바 있다. 그래서 여기서는 주로 그때 그의 마음을 살펴보는 시들을 몇 수 소개할까 한다.

「망호당의 매화를 찾아서 병오년. 2월에 영남으로 돌아가려 하다(望湖堂尋梅)¹⁾ 丙午. 仲春, 將歸嶺南)」

망호당 아래 한 그루의 매화를,

몇 차례나 봄을 찾아 말을 달려와 보았던가?

천리 돌아가는 노정에도 너를 저버리기 어려워,

문 두드리고 다시 지었네 옥산이 무너지는 꼴을.

망호당하(望湖堂下) 일주매(一株梅)를

기도심춘(幾度尋春) 주마래(走馬來)오

천리귀정(千里歸程) 난여부(難女負)하여

고문갱작(敲門更作) 옥산퇴(玉山頹)라²⁾

---

1) 병오년은 퇴계가 46세 되던 해임. 망호당은 호당 안에 있음.
2) 옥산퇴(玉山頹): 남조 양나라 유의경의 『세설신어 · 용지(世說新語 · 容止)』 "혜강(嵇康: 죽림칠현의 한 사람으로 숙야는 그의 자)의 사람됨은 우뚝하기가 마치 외로운 소나무가 홀로 선 것과 같으나, 그가 만약 술이 취했다 하면 뻣뻣하게 넘어짐이 마치 옥산이 무너지는 것과 같다."(嵇叔夜 之爲人也, 巖巖若孤松之獨立. 其醉也, 傀俄若玉山之將崩) 여기서부 터 뒤에는 옥산이 스스로 넘어가다라는 뜻의 '옥산자도(玉山自倒)'라는 전고가 생겼는데, 술이 취한 것을 형용하는 말이 되었다.

이 시에 관하여 『요존록(要存錄)』이라는 퇴계 문집의 주석서에는

이때 조정에서는 정치적인 변화가 현저하게 일어났는데, 선생이 물러나려고 결의하고서, 지금 여기 매화를 찾아와서 자기의 뜻을 이 매화에 붙여서 읊은 것은 아마도 몰래 풍자하는 뜻을 담고자 함이 있었을 것이다(時朝著一變, 先生決意退休, 今此尋梅奇詠, 恐有微意之寓爾)

라고 적고 있다. 여기서 "몰래 풍자하는 뜻"이 무엇일까? 주석에서 설명하고 있듯이 죽림칠현의 한사람인 혜강과 같이 술을 먹고 "산이 무너지듯이" 넘어지기를 되풀이한다고 하였으니, 아마 당시에 조정에서 벼슬하는 일이 몹시 심기에 거슬렸을 것이다. 이 해가 명종 원년이니 인종이 등극한 지 1년 만에 의문의 죽음을 당한 뒤라, 아마 조정의 분위기가 매우 어수선하여 갈피를 잡기 힘들었을 것이다.

「사화 연표」

1. 무오사화(연산군 4년, 1498) 김종직의 제자 김일손의 「조의제문」이 발단
2. 갑자사화(연산군 10년, 1504) 폐비윤비 복위

3. 기묘사화(중종 14년, 1519) 남곤·심성이 조광조 일파 축출
4. 을사사화(명종 즉위년, 1545) 인종의 외숙인 윤임(대윤)이 명종의 외숙인 윤원형(소윤)에게 축출됨
5. 정미사화(명종 2년, 1547) 양재역 벽서 사건을 빌미로 이언적·권벌 등 사림이 축출 당하고 퇴계의 친구인 임형수 등이 죽음

이 해에 고향에 내려와서 있는 동안 서울에 남겨두고 왔던 후취 권씨부인이 7월에 서울에서 해산을 하다가 별세하였는데, 아들 둘을 보내어 친 어머니의 상과 똑같은 예로 상을 모시도록 하였다. 또 이 해에 토계마을의 동암이라는 바위 곁에 터를 잡고 양진암이라는 조그마한 집을 지은 것은 이미 이야기한 바 있다.

「고산(孤山)」

어느 해 신령스러운 도끼 굳고 딱딱함을 파헤쳤던가?
절벽은 천길 높이 서서 옥 물 굽이 걸터앉았네.
그윽이 사는 사람 여기 와서 주인이 되지 않는다면,
외로운 산 외로이 떨어져 있을 뿐 누가 다시 오르겠는가?

하년신부(何年神斧) 파견완(破堅頑)고3)
벽립천심(壁立千尋) 과옥만(跨玉灣)이라
불유유인(不有幽人) 내작주(來作主)면
고산고절(孤山孤絶) 갱수반(更誰攀)고

이 시는 "홀로 고산에 가서 놀다가, 월명담에 이르러 물을 끼고 산을 감돌며 내려오니 저녁에야 퇴계에 이르게 되었다. 좋은 경치를 만날 때마다 절구시 한 수씩을 지으니, 무릇 아홉 수가 되었다"(獨遊孤山, 至月明潭, 因並水循山而下, 晩抵退溪. 每得勝境, 即賦一絶. 凡九首)는 아홉 수 중에 첫째 시이다. 여기 나오는 고산(孤山)은 예안면 소재지에서 동북쪽 30리, 청량산 아래에 있는데 매우 경치가 좋은 곳이다. 전설에 의하면 낙동강이 산을 둘러 흘렀는데, 어느 날 갑자기 우레가 크게 일어나 푸른 산허리를 두 토막으로 쪼개어 강물이 그 사이로 흐르기 시작하였기 때문에 「외로운 산(孤山)」이라고 불렀다고 한다.

'그윽이 사는 사람[유인(幽人)]'은 곧 어지러운 세상을 피하여 조용하게 사는 사람이라는 뜻인데, 자기 자신이 꼭 그렇게 되고

---

3) 신부(神斧): 주자(朱子)의 「우레소리를 듣고 갑회를 적음(聞雷有感)」. "'누구' 신비한 노끼를 가지고서 완악한 음기를 깨뜨리는가? 땅 갈라지고 산이 열리니 귀신은 숲을 잃었네."(誰將神斧破頑陰? 地裂山開鬼失林)

싶다는 뜻으로 이 시를 쓴 것이다.

그 다음 해(47세)에도 고향에 있으면서 역시 청량산에서 도산으로 흘러오는 낙동강 기슭에 형성된 아름다운 경치를 읊은 시를 여러 수 썼고, 또 주자가 고향인 복건성의 무이산(武夷山)을 읊은 연작시를 보고서 그 시의 각운자에 맞추어 쓴 시를 썼다. 그 중 제 「구곡」 시를 소개하면 다음과 같다.

아홉째 굽이에 산 열리고 오직 훤하기만 한데,
사람 사는 촌락에서 긴 시내를 굽어보네.
그대에게 권하노니 이 놀이가 극치라 말하지 말라!
묘한 곳으론 오히려 노들시기 별천지가 있겠지!

구곡산개(九曲山開) 지광연(只曠然)한대
인연허락(人烟墟落) 부장천(俯長川)이라
권군막도(勸君莫道) 사유극(斯遊極)하라
묘처유수(妙處猶須) 별일천(別一天)을

이 시의 뜻으로 보아서는 구곡 이외에도 또 아름다운 곳이 있을 것이니, 그러한 곳을 더 찾아보고 싶다는 희망을 담고 있다.

이퇴계는 이때 복잡한 조정보다는 차라리 한가로운 산수 자연으로 돌아오고 싶은 심정을 담은 시를 여러 수 계속하여 지었다.

이퇴계의 이 「구곡」 시를 계기로 하여, 그 이후 조선에서 허다한 '구곡' 시가 처처에 지어지게 되었고, 구곡에 관한 그림도 많이 나오게 되었다. 지금 연구자들 중에는 이러한 현상을 한국의 '구곡문화(九曲文化)'라고까지 부르는데, 이퇴계는 한국의 구곡문화의 선구자가 되었다.

「옛날 일을 되새김(古意)」[1]

윤택하고도 윤택한 형산의 옥이여!
맑은 기운 정밀하고도 꽃다움을 머금었네.
밤마다 무지개 바위 속을 관통하니,
산의 귀신 스스로 놀라서 숨네.
껴안고 우니 누구 댁의 사람인가?
세 차례 바치면서도 형벌을 피하지 않았다네.
다듬어져 만승천자의 요긴한 기물이 되었고,
크게 알려져서 값은 몇 성을 묶은 것과 같았다네.

---

1) 고의(古意). 옛날 일을 이끌어다 노래하면서 자기 자신의 느낌을 은근히 끼워 넣는 투의 시의 제목으로 가끔 사용되는 말.

여기서는 나라의 보물로서 이름을 날리지만,

저기서는 하늘이 만들어 준 본성이 이지러지게 되었다네.

그대는 벽사호의 구슬을 보았는가?

그 광채 달의 밝음을 빼앗았네.

유와 무의 사이를 들어갔다 나왔다 하니,

세상의 재주꾼인들 어찌 그것을 손에 넣을 수 있으랴?

온온(溫溫) 형산옥(荊山玉)이여2)

숙기(淑氣) 함정영(含精英)이라

야야(夜夜) 홍관암(虹貫巖)하니3)

산귀(山鬼) 자둔경(自遁驚)이라

포곡(抱哭) 하씨자(何氏子)오

삼헌(三獻) 불피형(不避刑)이라4)

---

2) 형산옥(荊山玉): 지금의 호북성 남장현(南漳縣) 서쪽에 있는 형산(荊山)에서 나는 옥. 『한비자·화씨(和氏)』 "초나라 사람 변화(卞和)가 초나라의 형산에서 옥 덩어리를 주워 여왕(厲王)에게 받들어 바쳤다. 여왕이 옥세공인에게 보게 하니 세공인은 "돌입니다"라 하였다. 왕은 변화가 미쳤다 하여 그의 왼다리를 자르는 형벌을 내렸다. …… 변화가 말했다. '나는 다리를 잘리는 형벌을 받은 것이 슬픈 것이 아니라 보옥을 돌이라 하고 곧은 선비를 미쳤다고 하는 것, 이것이 내가 슬퍼하는 까닭입니다.' 왕이 이에 세공인에게 그 박옥을 다듬게 하여 보물을 얻었으며 마침내 화씨벽이라고 명명하였다."

3) 홍관(虹貫): 『예기』 「손님을 맞아들이는 예법(聘禮)」 자공이 공자에게 물었다. "감히 묻겠습니다만 군자가 옥을 귀하게 여기는 것은 무엇 때문입니까?" …… "기운이 흰 무지개 같으니 하늘의 기운이 관통하기 때문이다."

4) 삼헌(三獻): 위 2)의 변화가 초나라 여(厲)·무(武)·문(文)의 세 왕에게 보옥을 바쳤으나 양다리를 잘리는 형벌을 받은 후에야 양릉후(陽陵

착위(斲爲) 만승기(萬乘器)하고5)

옹과(雄誇) 가련성(價連城)이라6)

재차(在此) 현국보(衒國寶)나

재피(在彼) 휴천성(虧天成)이라

군간(君看) 벽사주(甓社珠)아7)

광채(光彩) 탈월명(奪月明)이라

출입(出入) 유무간(有無間)하나8)

侯)가 된 것을 말함.

5) 착위만승기(斲爲萬乘器): 하·은·주(夏殷周) 삼대 이전에는 옥새가 없었다. 진(秦)나라에서 바로 위의 주 2)에서 말한 화씨벽(和氏璧)을 입수하여 이사(李斯)가 전자(篆字)로 "受命於天, 旣壽永昌(하늘로부터 명령을 받았으니, 나라가 오래가고 또 창성하리)"이라는 여덟 글자를 새겨서 황제가 바뀔 때마다 전하도록 하여 드디어 국권(國權)을 이양하는 증거물이 되도록 하였다.

6) 가연성(價連城): 『사기』「염파와 인상여의 전기(廉頗藺相如列傳)」"조나라 혜문왕 때 화씨벽을 얻었는데 진나라의 소왕(昭王)이 그 말을 듣고서, 사신을 시켜 조왕에게 편지를 전하고 성(城) 열다섯으로 벽옥과 맞바꾸길 바란다 하였다."

7) 벽사주(甓社珠): 벽사는 강서성 고우현(高郵縣) 서북쪽에 있는 호수인데 동서가 70리, 남북이 50리다. 송나라 심괄(沈括)의 『몽계필담』「기이한 일(夢溪筆談·異事)」"가우 연간에 양주에 매우 큰 구슬이 하나 있었는데 날이 어두워지면 자주 보였다. 처음에는 천장현 피택에서 나와 나중에 벽사호로 흘러들었다. …… 내 친구 중에 하나는 호숫가에 서재가 있었는데 어느 날 밤에 별안간 그 구슬이 매우 가까이 있는 것을 보았다. 처음에는 희미했는데…… 비스듬히 금빛 광선이 새어나왔고 조금 있다가 갑자기 껍질이 펴지니 그 크기가 자라의 반 만 했고 껍질 속의 흰 광선은 은구슬과 같았는데 크기는 주먹만 했고 찬란하여 똑바로 볼 수가 없었다. 10여 리가의 숲과 나무에 해가 갓 떠오른 듯한 그림자가 비쳤으며 먼 곳에서는 다만 들에 불이 난 듯 불그레한 하늘만 보일 뿐이었다. 그러다가 갑자기 멀리 가버렸는데 그 가는 것이 물결 속으로 해가 아득히 떠서 날아가는 듯하였다."

세교(世巧) 언득영(焉得嬰)고

이 시는 "가을에 부름을 받아서 부임한 뒤에(秋赴召後)"라는 설명이 붙어 있는데, 역시 47세 때 8월에 홍문관 응교(應敎)라는 벼슬을 받고 서울에 도착하여 지은 시이다.

『요존록』에서는 이 시에 대하여 다음과 같은 주석을 달고 있다.

껴안고 울면서 세 차례나 바쳤다고 하였으니 그것을 가지고 있던 사람의 입장에서 본다면 국보감이라고 자랑한 것이 되지만, 그것을 다듬어서 옥새를 만들었으니 옥 자체의 입장에서 본다면 본래 타고난 성격을 이지러지게 한 것이다.

이퇴계는 이때 사화로 희생되어 나가는 허다한 선비들을 보면서 이러한 절박한 애처로움을 지울 수 없었을 것이고, 자기 자신

---

8) 유무간(有無間): 송나라 최백역(崔伯易)의 「구슬을 노래한 부(珠賦)」 "비록 그 (구슬이) 눈을 깜빡임을 감별할 수 있을 것 같으나, 분명하게 그것이 구슬 자체인 줄은 알아내지 못했는가 의심하고 있다. 이때에 그 모양이 바꾸어짐이 점점 더해지다가는 어느 사이에 다시 본 모습을 이루어가지고는 벌써 지나가 버린다. 그런데 하물며 엎드려서 나타남이 일정한 때가 없어 홀연히 여기 있다가는 홀연히 저기 있게 됨에랴?"(雖鑑其眉睫, 疑未曉其機器. 方詭置之漸長, 果造形而已逝. 況伏見靡時, 倏彼倏此)

도 곧 그러할 운명에 처하여질지도 모르는 위기를 늘 감지하고 있었을 것이다. 그래서 기왕 벼슬에서 완전하게 벗어나지 못할 바에는 강원도나 경상도의 산수가 좋은 조용한 고을의 수령 자리나 하나 얻기를 몇 차례 희망하였다. 48세 때에는 경상도의 청송부사가 되었으면 하였지만, 그 대신 충청도의 단양현감이 되었다.

「단양으로 부임하다. 독서당의 전별석상에 지어 남기다(赴丹山, 留贈)」

십 년 동안 깊은 병 앓으면서 봉록만 받는 것 부끄러운데,
바다 같은 은혜 입어 도리어 군수의 자리 얻게 되었네.
청송의 백학과는 비록 연분 없으나,
짙푸른 물 많은 단양과는 정말 인연 있다네.
북쪽 궁궐 그리워질 때는 촛불 내리시던 밤 생각나고,
독서당 떠나려 하니 매화 감상하던 일 생각나리니.
시든 백성 쓰다듬노라면 심신이 다 피로해질 터이니,
동헌에서인들 도리어 꼭 옛 터전 생각나지 않으랴?

십재침아(十載沉痾) 괴소찬(愧素餐)한대
홍은유득(洪恩猶得) □부휼(□附恤)□□□

청송백학(靑松白鶴) 수무분(雖無分)이나

벽수단산(碧水丹山) 신유연(信有緣)이라

북궐연회(北闕戀懷) 분촉야(分燭夜)요

동호이사(東湖離思) 상매천(賞梅天)이라

무마조채(撫摩凋瘵) 피심력(疲心力)이면

영각번응(鈴閣翻應) 억고전(憶故田)[1]가

이 시에는 "어떤 늙은 선비가 청송부사가 되어 스스로를 청송백학이라 호하였다. 내 일찍이 청송부사가 되기를 구하였으나 얻지 못하고 단산(단양)을 얻게 되었다"라는 재미있는 설명문이 붙어 있다. 이전에 사가독서를 함께하던 동창생들의 전별잔치에서 지어 남긴 매우 재미있는 시이다.

단양군수가 된 것은 정월인데, 이 해 2월에 경남 단성에 있는 자식이 없던 외종조부 집에 들어가서 수양손(收養孫) 노릇을 하던 둘째아들 채가 결혼한 지 6년 만에 자식도 없는 청상과부 하나만 남겨둔 채 쓸쓸하게 죽는 불운을 당하였다. 비록 한편으로 이러한 사적인 불운을 당하기는 하였으나, 처음으로 맛보게 되는 지방의

---

1) 영각(鈴閣): 원래는 장수가 기거하는 곳을 말하나, 여기서는 군수가 집무하는 곳, 곧 동헌을 말함. 대문간에는 방울 걸이를 만들어 놓고 불의의 사태를 경계하여 예방하였다.

수령 생활이 그렇게 삭막하지는 않았던 것같이 보인다. 처가살이를 하고 있던 맏아들 준 내외와 창원에서 온 소실 부인을 불러오고, 맏손자를 데려다 『효경』을 가르치기도 하고, 돌아가신 부모님의 제사를 임지에서 모시면서, 살아계실 때 지방관이 되어 봉양하여 보지 못한 한을 풀어보기도 하였다.

무엇보다도, 그는 단양의 아름다운 경치를 사랑하였다.

「말 위에서(馬上)」

아침에는 가면서 몸 숙여 맑은 시내 소리 듣고,

저녁에는 돌아오며 멀리 푸른 산 그림자 바라보네.

아침에 나가고 저녁에는 돌아오며 산수간을 누비니,

산은 푸른 병풍이요 물은 맑은 거울 같네.

산에서는 구름 속에 깃든 학이 되고 싶고,

물에서는 물결 타고 노니는 갈매기 되고 싶네.

군수의 직책 나의 일 그르친 줄도 모르면서,

억지로 신선 사는 단구에 노닌다고 일러보네.

조행부청(朝行俯聽) 청계향(淸溪響)하고

모귀인망(暮歸引望) 청산영(靑山影)이라

조행모귀(朝行暮歸) 산수중(山水中)하니

산여창병(山如蒼屛) 수명경(水明鏡)이라

재산원위(在山願爲) 서운학(棲雲鶴)하고

재수원위(在水願爲) 유파구(游波鷗)라

부지부죽(不知符竹) 오아사(誤我事)하며

강안자위(强顔自謂) 유단구(遊丹丘)라

이 시는 제목으로 보건대 단양에서 군민들을 순무(巡撫)하러 다니던 중에 지은 것 같다.

이때 두향(杜香)이라는 기생을 사랑하게 되었다는 이야기가 『명기열전』 같은 데 전한다고 하는데, 아마 사실일 것이다. 그러나 필자는 아직 거기에 관련된 퇴계 선생 자신이 남긴 1차적인 자료는 찾아보지 못하고 있다. 그러나 이 해 10월에 친형인 온계 이해가 충청감사로 부임하여 왔기 때문에 경상도의 풍기군수로 자리가 바뀌었다.

풍기군수로 옮겨 가서는 50세가 되는 해 정월까지 고작 1년 남짓하게 근무하였는데, 소수서원을 사액서원으로 격상시킨 공적을 이룩하였고, 소백산 정상까지 유람하고 쓴 유람기와 그때 즐겁게 지은 시도 몇 수 전한다. 다음에 필자가 몇 년 전에 어떤 향토지에 한번 썼던 「퇴계 선생의 소백산 유람기」라는 글의 일부분을 소개한다.

이퇴계 선생의 문집을 보니 49세 때 풍기군수로 재직하면서 소백산에 며칠 동안 다녀온 기록인 「유소백산기(遊小白山記)」라는 글이 있는데, 정상까지 올라가면서 완만한 길은 걷다가, 험한 곳에 이르면 견여(肩輿)를 탔다고 한다. 견여란 어떻게 생긴 것인가? 타는 사람의 양쪽 어깨 위에 긴 나무막대를 얹고, 그 중간 사람을 앉게 한 뒤에 막대의 양쪽 끝을 하인 두 명이 앞뒤에서 들쳐 메고 가는 것이다. 지금도 중국의 높은 산에 가보면 돈을 받고 이렇게 관광객을 옮겨주는 데가 있다.

나는 어릴 때부터 영주와 풍기 사이를 왕래하였는데, 그곳은 소백산을 머리만 들면 쳐다볼 수 있고, 발만 내디디면 이를 수 있었다. 그러나 어찌할 도리 없이 다만 꿈속에서만 생각하고, 빈 마음만 달린 지가 지금까지 40년이나 되었다. 지난겨울에 임명을 받고 풍기로 와서 백운동의 주인이 된 것을 내 개인으로서는 참 잘된 것이라고 좋아하고, 숙원이 성취될 수 있으리라고 생각한다.
그러나 겨울부터 봄까지 지작 일 때문에 백운동에 오기는 하였으나, 무득 산 어귀를 들여다볼 틈도 없이 돌아간 것이 몇 차례나 되었다.

이 「유기」는 이렇게 시작된다. 이퇴계 선생이 벼슬길에 올라서 사직을 자주한 것은 잘 알려진 이야기인데, 어찌하여 풍기군수가 된 것은 이렇게 다행스러운 일로 여겼던가? 소백산에 오르게 될 날이 왔다고 좋아한 것이다. 이 어른의 「연보」를 읽어 보면 산이 많은 강원도를 매우 좋아해서 금강산에 꼭 한번 가보고 싶어 하였고, 굳이 벼슬을 못 버릴 바에는 강원도의 어느 고을의 원님이나, 감사로 나가기를 원하기도 하였다. 선생이 소백산을 오르내린 일정 내용은 다음과 같다:

음력 4월 22일 오랜 비 개임. 백운동서에서 유숙.
다음 날 민 진사 서성과 그 아들 응기들 네리ㅏ 죽세(竹溪)를 따라서 오르기 시삭함. 안전교를 선너 초암(草庵)에 이름. 공수(宗粹) 스님이 묘봉암에서 마중 나옴. 말을 타고 올라감. 태봉(胎峰)의 서쪽에 이르러 개울을 하나 건넌 뒤부터는 말을 버리고 보행. 이 뒤부터는 걷다가 선여를 타나가 함. 철암과 명경대를 지나시 석륜사(石崙寺)에서 잠.
이틀 뒤 계해일. 걸어서 백운암(白雲庵)에 올라감. 견여를 타고 석름봉(石廩峰) 정상에 오름. 동쪽으로 자개봉과 국망봉이 보이고, 멀리 태백, 청량, 학가, 공산 등을 바라봄. 철쭉꽃이 만개하였음. 꽃밭을 뚫고 중백운암으로 내려옴. 다시 상백운암 터 앞에 있는 재월대까지 올

83

라갔다가 석류사로 돌아가서 잠.

25일. 상가타(上伽陀)를 찾아서 환희봉의 서쪽으로 올라가는데, 석성(石城)의 고지를 만남. 산대암(山臺岩)을 자하대(紫霞臺)로 이름을 바꿈. 상가타에 이름. 중가타를 지나서 폭포를 만났는데 죽암(竹巖) 폭포로 명명함. 하가타로 내려왔다가 개울을 건너 관음암(觀音庵)에 올라가서 잠.

26일 하산. 응기와 종수 등 여러 중은 초암동으로 향하여 가고, 소박달현(小博達峴), 대박달령을 넘어, 비로전 유지 아래를 지나서 욱금동을 경유하여 군에 돌아옴.

이 글에서는 석름봉을 최고봉으로 보았는데, 지금은 연화봉(蓮花峰)을 최고봉이라고 하니, 같은 곳인데 이름이 바뀌었는지 모르겠다. 그는 소백산의 동쪽은 접어두고 중간 길인 초암에서 석류으로 통하는 길을 따라가면서도 서쪽에 있는 상중하 3가타를 다 돌아본 것이다.

이 기록은 원문이 14쪽인데, 그냥 있었던 일을 담담하게 정리한 것이라 그렇게 명문이라고 할 것까지는 없다. 그러나 다음과 같은 이야기는 매우 재미있다.

산을 내려오니 산 아래 반석은 편편하게 넓은데, 맑은 샘물이 그
위로 흘러들었다. 그 위쪽에는 물이 콸콸 소리를 내었다. 양쪽에는 목
련 꽃이 활짝 피었는데, 내가 그 곁에 지팡이를 꽂아두고서 개울로 내
려가서 양치도 하고 물장난을 하니 매우 만족스러웠다. 종수 승려가

시냇물은 응당 나 같은 벼슬아치를 비웃으리라,
홍진에 묻은 때를 씻으려 해도 씻겨 지지 않으니.

계류응소(溪流應笑) 옥요객(玉腰客)하리라
욕세미세(欲洗未洗) 홍진종(紅塵蹤)하니

라는 구절을 읊조리고서 "이 시는 누가 지은 것입니까?" 한다. 드디어
그를 돌아보고서 한바탕 웃고서, 이러한 내용을 시로 적어주고서 떠났
다.

윗 구절에 보이는 '옥요개(玉腰客)'이라는 단어는 글자 그대로
는 '백옥 같은 허리를 가진 나그네'라는 뜻이니 매우 재미있다. 이
시구는 고려 때의 명신 김지대(金之岱)의 「유가사(瑜伽寺)」의 끝
부분이다. 고승과 명유가 격의 없이 농담을 나누는 장면이 퍽 아

름답게 보인다.

이 당시에도 퇴계 선생은 개인적으로 건강이 그리 좋지는 않았던 것 같고, 또 이러한 한적한 지방의 고을 원조차도 하기 싫어 몇 번 사직원을 제출하였으나, 받아들여지지 않자 사표가 수리되지 않은 채로 벼슬을 버리고 고향으로 돌아가 버렸다.

5. 토계 마을의 노래 『퇴계잡영』:
은퇴한 마음을 읊은 시들

맨 처음에 이야기한 것과 같이, 그는 50세 때 풍기군수를 그만두고 고향인 예안의 도산의 토계 마을로 은퇴하였다. 여기서는 이퇴계 선생의 50세부터 57세까지의 시를 중심으로 다루기로 하나, 그 이전 내 이후에도 같은 마을에서 은퇴한 마음을 읊은 시 몇 수도 아울러 소개하고, 유가 선비들에게 "은퇴"라는 것은 어떤 의미인지, 비슷하게 은퇴를 노래하였던 도연명과 이퇴계의 시를 통하여, 그들이 말하는 은퇴라는 것이 무엇을 말하는 것인지도 알아보려고 한다.

이 시기에도 이퇴계는 완전히 벼슬자리에서 떠난 것은 아니고, 더러는 사직을 하고 시골집에 가서 있었지만 나라에서 계속하여 상호군이니, 첨지중추부사 같은 실무가 없는 명예 직함을 내리고서 계속하여 봉급을 지급하기도 하고, 가끔 어찌할 수 없이 서울로 불리어 가서 홍문관 교리, 성균관 대사성 같은 매우 중요한 직함을 받기도 하였으나 곧 사직을 하고 고향 땅으로 내려오기도 하였다. 그렇지만 이 시기의 그의 생활이나 목표의 중심은 어디까지나 은퇴한 산림 선비가 되는 것에 있었기 때문에 이 시기를 편의상 은퇴시기로 보아도 될 듯하다.

지금 이퇴계 선생의 유적지를 찾아가 보면, 안동시 도산면 '토계동'으로 흐르는 조그마한 실개천이 있는데, 그 물 이름이 바로 토계이며, 퇴계 선생은 이 토계를 퇴계로 고쳐 부르면서 당신의 호로 삼으신 것이다. 퇴계 선생은 50세 때 다음과 같은 「퇴계(退溪)」라는 시를 지었다는 것도 이미 이 연재를 시작하는 첫 회분의 첫머리에 한 차례 이야기한 바 있지만 여기서 또 다시 한 번 반복하여 음미하여 보기로 하자.

몸이 벼슬에서 물러나니 어리석은 자신의 분수에는 맞으나,
학문이 퇴보하니 늘그막이 근심스럽네.
이 시내 곁에 비로소 거처를 정하여,
이 시내를 내려다보며 매일 반성함이 있으리.

신퇴(身退) 안우분(安愚分)이나

학퇴(學退) 우모경(憂暮境)이라

계상(溪上)에 시정거(始定居)하니

임류(臨流) 일유성(日有省)이라

　주로 이 토계마을에서 은퇴를 시도한 시기에 쓴 시들을 모아둔 책으로 『퇴계잡영』이라는 퇴계 선생의 자선(自選) 시집이 있다는 이야기도 이 연재의 맨 첫 회분의 마지막 부분에서 이미 한번 언급한 바 있다. 여기서는 주로 이 『퇴계잡영』에 수록된 시를 해설하기로 한다(이 책을 필자와 장세후는 2009년에 서울의 연암서가라는 출판사에서 공동으로 번역 주석, 해설하여 낸 일이 있다. 이하의 설명은 이 책 해설에서 많이 옮겼음을 밝힌다).

　우선 퇴계 선생 자신이 이 시집의 이름을 '잡영(雜詠)'이라고 하였는데, 왜 그렇게 하였을까? 『한어대사전(漢語大辭典)』에 보면 '잡영'이란 말은 "생겨나는 일에 따라 읊조리는 것인데, 시의 제목으로 상용된다(隨事吟詠, 常用作詩題)"라고 하였다. 비슷한 말로 '잡시(雜詩)'라는 것도 있는데, "이러저러한 흥취가 생겨날 때, 특정한 내용이나 체제에 구애를 받지 않고, 어떤 일이나 사물을 만나면 즉흥적으로 지어내는 시를 말한다(興致不一不拘流倒, 遇物卽言之詩)"고 되어 있다.

친필 「퇴계잡영」

실제로 이 『잡영』에 수록된 시의 제목이나 제목의 뜻을 설명한 말[題注]들을 보면 '~잡흥(雜興: 이것저것 흥이 나서),' '~서사(書事: 본 일을 그대로 적는다),' '~우흥(偶興: 우연히 흥이 일어),' '~감사(感事: 어떤 일을 보고 느낌이 생겨),' '~즉사(即事: 어떤 일을 보고 즉흥적으로 적음),' '~우감(寓感: 감회를 부침),' '~흥(興: 흥이 일어나),' '~영(詠: 길게 읊조린다),' '~음(吟: 노래로 읊는다),' '~우성(偶成: 우연히 시를 이룬다),' '~득(得: 시상을 얻게 되다)' ……이라는 말이 많이 나타나는데, 모두 위에서 말한 '이러저러한 흥취가 생겨날 때 즉흥적으로 읊조리는 것'이라는 공식에 맞추어보면 다 들어맞는 것 같다.

그러니 이 『퇴계잡영』에 수록된 시들은 모두 퇴계 선생이 벼슬에 대한 생각을 미련 없이 버리고 퇴계마을로 물러나서, 이침저녁으로 마주하는 맑은 시냇물과 푸른 산, 부담 없이 만날 수 있는 향리의 선배들과 제자들, 조용히 음미해가며 읽을 수 있는 책, 새로 마련한 보금자리, 저녁에 뜨는 달과 철따라 바뀌어 피는 꽃 …… 등과 같은 것을 대할 때마다 저절로 흥이 나서 쓴 즉흥시들이라고 할 수 있을 것이다.

다만 여기서 한 가지 주의해야 할 점은 이 시집에는 하나의 제목 아래 많게는 20여 수까지 이어서 쓴 연작시들이 다수 보이는

데, 이러한 시들 또한 모두 흥이 생겨나서 쓴 시들이기는 하지만, 즉흥시라고 하기에는 좀 적절하지 못한 것 같고, 오히려 자못 생활에 여유가 묻어나니까 느긋하게 지어서 모아놓은 사유시(思惟詩)의 성격을 띤 것들이 많다고도 할 수 있겠다.

또 하나, 시의 제목에 자주 등장하는 말로 '유거(幽居: 그윽하게 거처한다),' '한거(閑居: 한가롭게 거처한다),' '임거(林居: 숲 속에 거처한다)' 같은 말이 있는데, 모두 '남모르게 한가로이' 지낸다는 공통점이 있다. '한서(寒棲: 조촐하게 거처하다)'라고 할 때에 '서(棲)'자에도 역시 '마음 놓고 쉬고 있다'는 뜻이 있으니, 비슷하다고 하겠다. 벼슬에서 물러나와 시골에서 살고 있으니 저절로 모든 생활이 '한가해'진다고도 할 수 있고, 또 의식적으로 그러한 것을 추구하였다고 할 수도 있다.

그런데 이퇴계와 같은 철학자나 시인에게는 이 '한가함(閑)'이야 말로 대자연과 내가 하나가 될 수 있는[天人合一, 또는 物我一體] 길에 이르는, 즉 도(道)에 통하는 수단이 된다고도 할 수 있다.

봄날 그윽이 거처하니 좋을시고,
수레바퀴며 말발굽 소리 문에서 멀리 떨어졌네.

동산의 꽃은 참된 성정 드러내고,

뜰의 초목은 건곤의 이치 오묘하네.

아득하고 아득하게 하명동에 깃들기도 하니,

까마득하고 까마득한 물 곁의 마을일세.

읊조리며 돌아오는 즐거움 모름지기 알 것이니,

기수에서의 목욕 기다리지 않으리.

춘일(春日) 유거호(幽居好)하니

윤제(輪蹄) 형절문(逈絶門)이라

원화(園花)는 노정성(露情性)하고

정초(庭草)는 묘건곤(妙乾坤)이라)

막막(漠漠) 서하동(栖霞洞)하니

조조(迢迢) 방수촌(傍水村)이라2)

수지(須知) 영귀락(詠歸樂)이니

부대(不待) 욕기존(浴沂存)하리3)

---

1) 정초묘건곤(庭草妙乾坤): 창 앞의 풀 한 포기조차 건곤의 미묘한 이치를 타고 났다 하여, 염계 주돈이가 뽑지 않은 일을 말함.

2) 하동~방수촌(霞洞~傍水村): 하동은 지금 도산면 토계동 하계(下溪)의 일부인 하명동(霞明洞)을 말하며, 방수촌은 천사촌이라는 낙동강 가의 마을로 우리말로 내살메라고 하며 하명동 위쪽에 있음.

3) 영귀~욕기(詠歸~浴沂): 『논어』 「선배들이(先進)」편에 공자가 제자들에게 각기 품은 뜻을 말해보라고 하자 증점(曾點)이 "늦은 봄에 봄옷이 이미 다 되었거든 관을 쓴 어른 5, 6명과 아이 녀석 6, 7명과 함께 기수에서 목욕하고 서낭당에서 바람을 맞으며 노래하며 돌아오겠습니다."(莫春者, 春服旣成, 冠者五六人, 童子六七人, 浴乎沂, 風乎舞雩, 詠而

이 시는 62세 때에 지은 것인데, 「네 철 그윽하게 은거함이 좋아서 읊는다(四時幽居好吟)」의 첫 째 시이다. 여기서 읊은 것과 같이 '동산의 꽃(園花)'이나 '뜰의 초목(庭草)'도 모두 조용하게 살펴보면 천지 만물의 본성[乾坤情性]을 드러내는 것이다. 비록 시의 제목에 꼭 '한거'니 '유거'와 같은 말이 없는 시들이라고 할지라도 「퇴계」, 「계상(溪上: 토계마을의 시내의 곁에서)」, 「계당(溪堂: 토계마을의 집)」과 같이 머물고 있는 처소를 시의 제목으로 삼은 경우에는 대개 다 이렇게 한가롭고 조용하게 자연 만물을 관조(觀照)하면서 사는 것을 즐거워하는 내용을 담고 있으니, 이러한 시들을 모두 '도통시(道通詩)'라고 해도 될 것이다.

또 한 가지 더 설명하고 싶은 것은 '……의 시에 화답하다(和……),' '…… 시의 각운자에 맞추다(次韻……)'라는 시들이다. 소동파 시의 각운자를 사용한 것이 1제(題) 2수(首), 두보의 시에 화답한 것이 2제 8수, 한유의 시에 화답한 것이 11수, 이회재 시에 각운자에 맞춘 것이 4수, 제자인 정유일의 시에 화답한 것이 20수, 김성일의 시에 차운한 것이 1수 등이다.

이보다 특히 도연명의 시에 화답한 시가 더 많다. 이전의 누구

歸)라 대답한 대목이 나온다. 기쁘게 처세하는 고상한 정조를 말함.

누구 시에 화답한다든가, 차운한다는 것은 바로 그러한 시들을 좋아하였다고 볼 수가 있는 것이다. 그렇다면 이 시집에 나타난 것으로 보면 이퇴계는 퇴계로 물러나온 후에는 도연명의 시를 가장 좋아하였고, 두보와 한유, 소동파의 시도 즐겨 보았다고 할 수 있다.

필자의 친구인 대만의 담강(淡江)대학 중문학과 왕소(王甦) 교수는 『퇴계시학(退溪詩學)』이라는 퇴계 시에 대한 개설서를 지은 적이 있는데, 이퇴계가 영향을 받은 중국 시인들로 역시 도연명, 두보, 소동파, 주자 같은 사람들을 들고 있다.

여기서 잠깐 필자 나름으로 시인으로서 도연명과 이퇴계를 잠깐 비교해볼까 한다.

묘금도 유씨가 정권을 훔쳐 기세 세상에 넘쳤는데,
강성에서 국화 따는 어진 이 있네.
수양산에서 굶어 죽은 것 어찌 편협하다 않겠는가?
남산의 아름다운 기운 더욱 초연하기만 하네.

묘금절정(卯金竊鼎) 세도천(勢滔天)한데
힐국강성(擷菊江城) 유차현(有此賢)이라
아사수양(餓死首陽) 무내애(無乃隘)아

남산가기(南山佳氣) 갱초연(更超然)이라

　이 시는 「황준량이 그림에 적을 시 열 폭을 구하다(黃仲擧求題畫十幅)」란 화제시(畫題詩) 가운데 "율리로 돌아와 밭을 갈다(栗里歸耕)"라는 시인데 시기적으로는 『퇴계잡영』의 시들에 속하는 57세 때인 1557년에 지어졌지만, 『문집』 권2에만 수록되어 있고 이 『퇴계잡영』에는 수록되어 있지 않다.

　어떻든 이 시를 읽어보면, 이퇴계는 자기의 왕조인 은(殷)나라가 망하고 주나라가 들어서자 주나라의 곡식을 먹지 않으려고 수양산에 들어가서 고사리만 캐어먹다가 죽은 백이, 숙제의 태도를 너무나 속 좁은 것으로 보았다. 그보다는 자기가 살던 동진(東晉)이라는 나라가 망하고 묘금도(卯金刀) 유(劉)가 성을 가진 유유(劉裕)라는 장군이 남조에 속한 송(宋)나라를 세웠지만 그 나라에서 주는 벼슬은 사양하였으나, 고향인 율리로 돌아가서 가을 국화를 사랑하면서 남산을 마주 대하고 소요하는 도연명을 더욱 높이 평가하였다.

　이 『퇴계잡영』에 실린 「도연명 집에서 '음주' 시에 화답하다」 20수 가운데, 다섯째 도연명의 원시와 이퇴계의 화답시를 이 순서대로 살펴보자.

띠집 이어 사람들 사는 곳에 있으나,

수레나 말 달리는 시끄러움 없네.

그대에게 묻노니, 어떻게 그럴 수 있는가?

마음 멀리 두니 땅도 스스로 구석져서라네.

동쪽 울타리 아래서 국화 따노라니,

한가로이 남쪽 산 눈에 들어오네.

산의 기운 날 저무니 아름답고,

나는 새는 서로 더불어 돌아가네.

이 가운데 참뜻 있어,

설명하려 하니 이미 말 잊었네.

결려(結廬) 재인경(在人境)이니

이무(而無) 거마훤(車馬喧)이라

문군(問君) 하능이(何能爾)오

심원(心遠) 지자편(地自偏)이라

채국(採菊) 동리하(東籬下)하니

유연(悠然) 견남산(見南山)이라

산기(山氣)는 일석가(日夕佳)하고

비조(飛鳥)는 상여환(相與還)이라

차중(此中)에 유진의(有眞意)나

욕변(欲辨) 이망언(已忘言)이라

　이 시는 도연명의 시 가운데서도 대표작으로 꼽히는 명작이다. 그런데 이 시를 읽어보면, 도연명이 고향으로 돌아와서 '숨어 살았다[隱居]'는 곳이 결코 인적이 미치는 않는 외진 곳이 아니라 '사람들이 살고 있는 마을[人境]'임을 알 수 있다. 그런데도 왜 속세와 같은 "수레나 말 달리는 시끄러움이 없는가?" 내 마음이 속세와 머니 나를 찾아오는 수레나 말이 없어, 내가 사는 이곳에 스스로 구석진 것같이 조용하게 되었다는 것이다.

> 내 본래 산과 들 좋아하는 체질이라,
> 조용함은 좋아해도 시끄러움은 사랑하지 않네.
> 시끄러움 좋아하는 것 실로 옳은 일은 아니지만,
> 조용함만 좋아하는 것 또한 한쪽으로 치우친 것이라네.
> 그대 큰 도를 지닌 사람들 보게나,
> 조정과 저자를 구름 낀 산과 같이 여긴다네.
> 의리에 맞으면 곧 나갈 것인데,
> 갈 수도 있고 돌아올 수도 있다네.
> 다만 걱정되는 것은 쉽게 갈리고 물들여지는 것이니,
> 어찌 소용히 몸 닦으라는 말을 돈독히 하지 않으리오.

아몬(我本) 산야실(山野質)이라

애정(愛靜) 불애훤(不愛喧)이라

애훤(愛喧) 고불가(固不可)나

애정(愛靜) 역일편(亦一偏)이라

군간(君看) 대도인(大道人)하라

조시(朝市) 등운산(等雲山)이라

의안(義安) 즉도지(卽蹈之)나

가왕(可往) 역가환(亦可還)이라

단공(但恐) 이린치(易磷緇)4)니

영돈(寧敦) 정수언(靜修言)이리오

　퇴계 선생의 이 시를 보아도, 퇴계 선생이 고향인 퇴계로 물러

나서 사는 것이 결코 온갖 세상일을 다 잊어버리자는 데 있는 것

은 아니었음을 알 수 있다.

　마지막에 나오는 두 구절의 뜻은, 외부의 영향을 받아도 변화

를 일으키지 않을 자신이 없기도 하고, 또 제갈량(諸葛亮)이 「아

---

4) 인치(磷緇): '磷'은 갈아서 얇게 말하는 것을 말하며, '緇'는 '淄'라고도
　하며 물들여 검게 만드는 것을 말한다. 『논어』「양화(陽貨)」 "단단하다고
　하지 않겠는가, 갈아도 얇게 할 수 없으니! 희다 하지 않겠는가, 물들여도
　검어지지 않으니!(不曰堅乎, 磨而不磷, 不曰白乎, 涅而不緇)" 이 말
　은 나중에 외부의 영향을 받아도 변화를 일으키지 않는 것을 비유하는데
　많이 쓰이게 되었다.

들에게 훈계한 말(訓子)」에 나오는 것과 같이 "담박하지 않으면 뜻을 밝힐 수 없고, 편안하고 조용하지 않으면 먼 곳에 이를 수 없기(非澹泊無以明志, 非寧靜無以致遠)" 때문에, 나아갈 수도 있지만 퇴계로 돌아왔다는 것이다.

홀로 한 잔 술을 따라,
한가로이 도연명과 위응물의 시 읊조리네.
숲과 시내 사이를 유유자적하게 거니노라니,
광활하여 마음 즐겁기 그지없네.
옛 글에 실로 풍미 있으나,
병 많아 깊이 생각하는 것 두렵다네.
악을 미워하여 오명 남기는 것 격분하게 되었고,
선을 흠모하여 때 늦은 것 한탄하였네.
시내 소리 밤낮으로 흘러가지만,
산의 경치는 예나 지금이나 같네.
무엇으로 이 내 마음 위로해 볼까,
성인의 말씀 나를 속이지 않으리.

독작(獨酌) 일배주(一杯酒)하여
한영(閒詠) 도위시(陶韋詩)5)라

소요(逍遙) 임간중(林間中)하니

광연(曠然) 심락지(心樂之)라

고서(古書) 성유미(誠有味)나

다병(多病) 외심사(畏沈思)라

질악(疾惡) 분유취(憤遺臭)하고

모선(慕善) 차후시(嗟後時)라

계성(溪聲) 일야류(日夜流)나

산색(山色) 고금자(古今玆)6)라

하이(何以) 위오심(慰吾心)고

성언(聖言) 불아기(不我欺)라

–『도연명집』에서 「거처를 옮기며」라는 시의 각운자에 화답하다. 2수 가운데 제2수(和陶集移居韻, 二首, 其二)」

---

5) 도위(陶韋): 진나라의 도연명과 당나라의 위응물(韋應物)을 가리킨다. 위응물(737?~791?)은 당대(唐代)의 저명한 시인으로 장안(長安: 지금의 陝西 西安市) 사람이다. 일찍이 소주자사(蘇州刺史)와 강주자사(江州刺史)를 지낸 적이 있으므로 그를 위소주(韋蘇州), 또는 위강주(韋江州)라고 하며, 또 입조하여 좌사낭중(左司郎中)을 지낸 적이 있어서 위좌사(韋左司)라고도 부른다. 전원시인인 도연명과 사령운(謝靈運) 시의 기교를 융합시켜 담담한 필치로 그윽하고 조용한 경치를 잘 읊어내었으며, 작시의 풍격이 도연명과 비슷하다 하여 '도위'(陶韋)로 병칭되었다.

6) 고금자(古今玆): 『시경·주송·풀을 뽑음(周頌·載芟)』 "이와 같이 될 줄 알아 이런 것이 아니며, 지금만 이와 같은 것이 아니라, 예로부터 이러하였네."(匪且有且, 匪今斯今, 振古如玆) 이는 산의 경치가 아름답기가 예나 지금이나 이와 같이 좋다는 것을 나타내는 말이다.

「도연명의 원운시」

봄 가을에는 좋은 날 많아,

높은 곳에 올라 새로운 시를 읊는다네.

문 앞을 지나면서 번갈아 서로 불러내어,

술 생기면 따라 마시네.

농사 바쁘면 각기 알아서 돌아가고,

한가로운 틈나기만 하면 번번이 서로 생각하네.

서로 생각나면 곧 옷을 펼쳐 입고 나가서,

말하고 웃고 하니 싫증나는 때 없네.

이렇게 즐거운 일 끝날 날이 없으니,

이웃 친구여, 훌쩍 이곳을 떠나지 말게나.

입고 먹는 것 모름지기 꾀할 수 있으리니,

힘써 농사짓는 일 나를 속이지 않으리라.

춘추(春秋)에 다가일(多佳日)하야

등고(登高) 부신시(賦新詩)라

과문(過門) 경상호(更相乎)하여

유주(有酒) 짐작지(斟酌之)라

농무(農務) 각자귀(各自歸)하고

한가(閑暇) 첩상사(輒相思)라

상사(相思) 즉피의(則披衣)하고

언소(言笑) 무염시(無厭時)라

차리(此理) 장불승(將不勝)이니

무위(無爲) 홀거자(忽去玆)하라

의식(衣食) 당수기(當須紀)니

역경(力耕) 불오기(不吾欺)리라

마지막 구절에서 도연명은 "입고 먹는 것 모름지기 꾀할 수 있으리니, 힘써 농사짓는 일 나를 속이지 않으리라"고 하였으나 이퇴계는 "무엇으로 이 내 마음 위로해 볼까, 성인의 말씀 나를 속이지 않으리라"고 하였다.

필자의 친구 가운데 어떤 사람은 "이퇴계의 시는 다 좋은데 꼭 마지막에 가면 열심히 공부나 하라는 말로 끝나기 때문에 재미가 없다"고 농담을 한다. 위의 구절에서도 "성인의 말씀 나를 속이지 않으리라" 하였으니 역시 공부하겠다는 뜻을 담았다.

필자가 읽어본 바로는 이와 같이 "공부를 열심히 하자," "길을 잘못 들었으니 빨리(고향 전원으로) 돌아가자"와 비슷한 표현이 40대 초반·중반에 서울에 올라가서 벼슬할 때 쓴 시에 거의 상투적으로 나타나지만, 오히려 이 『퇴계잡영』과 같이 40대 후반부터

50대 전반에 걸쳐서 전원으로 돌아와서 쓴 시에는 이미 그러한 소원이 어느 정도 성취되었기 때문인지 그러한 표현이 거의 보이지 않는다. 그러나 주자를 흠모하여 배우고자 하는 내용을 담은 표현은 매우 자주 보인다.

도연명이나 이퇴계의 시를 통하여, 그들이 말하는 은퇴의 공통점은, 은퇴하는 장소보다도 은퇴하고자 하는 마음의 다짐이 더 중요하다는 것을 알 수 있다. 나아가서, 술을 통하여 시름을 달래고 순박한 농사꾼이 되고자 하였던 도연명과는 달리, 학문을 닦아 성현의 길을 희구하였던 이퇴계는, 비록 시대가 다르고 방법은 조금 달랐으나 고요하고 그윽하게 자연을 가까이하면서 천지만물의 성정(性情)과 조화를 자연을 통하여 체득하고, 자연에 몰입하여 사물과 내가 하나 되는 길을 추구한 점에서는 같았다는 것도 알아낼 수 있었다.(2013.1.20)

6. 도산서당의 노래 『陶山雜詠』:
만년 강학(講學) 시기의 시들

여기서는 이퇴계 선생의 57세부터 66세까지의 시를 중심으로 이야기하기로 한다. 이때에 선생이 자신이 도산서당에서 지은 시를 뽑아서 모아둔 책으로 『도산잡영(陶山雜詠)』이라는, 비교적 만년에 시은 한시 선집이 있다. '도산잡영'이라는 말은 "도산(시딩)에서 이것저것 생각나는 대로 시로 읊는다"는 뜻이다. 여기서는 주로 이 선집에 수록된 시를 해설하려 한다.

이 책 안에는 원래 "도산을 여러 가지로 읊음, 서문을 아울러 적음(陶山雜詠 倂記)"이라는 제목 아래 7언 절구 시 18수와 5언 절구 시 26수와 산문체로 된 그 서문[記]이 보이는데, 이들 시 18수에는 지금도 도산서원에 가면 접할 수 있는 암서헌, 정우당, 절우사, 농운정사, 천광운영대 등 18곳의 모습이 나타나 있고, 다음의

26수에는 몽천, 열정 등 26곳의 모습이 묘사되어 있다. 먼저 그 서문의 내용을 여기에 인용하여 소개한다.

영지산의 한 줄기가 동쪽으로 나와 도산이 되는데, 혹자는 말하기를 산이 또 이루어졌기 때문에 '도산[또산]'이라 명명하였다 하고 혹자는 말하기를 산속에 옛날에 질그릇 가마가 있었기 때문에 그러한 사실을 가지고 이름을 붙인 것이라 한다.

산은 그리 높거나 크지 않지만 널리 트인 곳에 자리잡아 형세가 빼어나다. 차지하고 있는 방위도 치우치지 않기 때문에 그 곁에 있는 산봉우리며 메, 시내와 골짜기 모두 이 산에서 두 손을 맞잡고 절하며 둥글게 껴안고 있는 것 같다.

산은 왼쪽에 있는 것은 동취병이라 하고 오른쪽에 있는 것은 서취병이라 한다. 동취병은 청량산에서 나와 산의 동쪽에…… 물은 산의 뒤에 있는 것을 퇴계라 하며 산의 남쪽에 있는 것은 낙천이라 한다. 퇴계는 산의 북쪽을 돌아 산의 동쪽에서 낙동강으로 들어간다. 낙동강은 동취병에서 산기슭을 향하여 이른다. 멀리 흐르다 깊이 고이기도 하며 몇 리나 내려가다가 거슬러 올라오기도 하는데 깊어서 배가 다닐 수 있다. 금빛 모래며 옥 같은 자갈이 맑고 환하며 검푸르고 차가우니 곧 이른바 탁영담이다. 서로 서취병의 기슭에 닿아 마침내 그 아래를 따라 남으로 큰 들판을 지나 부용봉 아래로 들어간다. 부용봉은 곧 서쪽의 것이 동으로 와서 형세가 합쳐진 곳이다.[이상 지형 설명]

처음 내가 퇴계의 가에 살 곳을 정하여 시냇물이 보이는 곳에 집 여러 칸을 얽어서 책을 간직하고 졸박함을 기르는 곳으로 삼았다. 대체로 이미 세 번이나 그 터를 옮겼다. 여차하면 비바람에 무너지고 게다가 냇가가 너무 고요하고 적막한 곳에 치우쳐져 마음을 넓히기에는 부적합했다. 이에 다시 옮기고자 하여 도산의 남쪽에다 땅을 얻었다. 이곳에는 작은 골짜기 있어 앞으로는 강과 들을 굽어본다. 그 모습이 그윽하고 아득하며 둘레가 멀고 바위 기슭은 초목이 빽빽하고도 또렷한데다가 돌우물은 달고 차서 은둔하기에 딱 알맞은 곳이었다. 농부의 밭이 그 가운데 있었으나 재물로 바꾸었다. 법련이라는 중이 그 일을 맡았는데, 얼마 있지 않아 법련이 죽자 정일이라는 중이 그 일을 이어받았다. 정사년(1557)부터 신유년(1561)까지 5년이 걸려 서당과 정사(精舍) 두 채가 대략이나마 완성되어 깃들어 쉴 수 있었다.[이상 터를 잡게 된 이유 설명]

서당은 모두 세 칸이다. 가운데 칸은 '완락재'라 하였는데, 주자의 「당과 실을 명명한 기문」에 나오는 "그것으로 즐기며 완상하니(樂而玩 之) 족히 종신토록 싫증이 나지 않는다"는 말에서 취하였다. 동쪽에 있는 칸은 '암서헌'이라 하였는데 주자의 「운곡시」의 "오래도록 잘하지 못함 스스로 믿었거늘, 바위 곁에 거처하며[巖栖] 작은 효과 드러나기 바라네"라는 말에서 취하였다. 또한 합쳐서 편액을 달고 '도산서당'이라

하였다. 정사는 모두 여덟 칸이다. 재는 '시습'이라 하였고, 료는 '지숙,' 헌은 '관란'이라 하였으며 합쳐서 편액을 달고 '농운정사'라 하였다.[건축물]

　서당의 동쪽에다 작게 네모난 연못을 파고 그 안에는 연꽃을 심었는데, '정우당'이라 하였다. 또 그 동쪽에 '몽천'을 만들었다. 샘 위에 있는 기슭은 파서 관란헌과 대칭이 되도록 하여 평평하게 쌓아 단을 만들었다. 그 위에는 매화·대나무·소나무·국화를 심어 '절우사'라 하였다. 서당 앞의 출입하는 곳은 사립문으로 가리고 '유정문'이라 하였다. …… 여기서 동쪽으로 돌아 몇 걸음을 가면 산기슭이 갑자기 끊기고 바로 탁영담 위로 내던져져 있다. 큰 바위가 깎인 것처럼 서 있으며 열 길 남짓 포개어 있음직하다. 그 위에다 대를 쌓으니 소나무 가지가 선반을 만들어 해를 가린다. 위로는 하늘, 아래로는 물이 있고 새와 고기가 날고 뛴다. 좌우로는 취병의 그림자가 어른거리며 짙푸른 빛이 잠기어 있는 것이, 강과 산의 절승을 한 번만 보면 모두 얻을 수 있으므로 '천연대'라 하였다. 서쪽 기슭에도 또 한 대를 쌓으려 하여 천광운영이라는 이름을 붙였더니 그 뛰어난 경개가 결코 천연대에 못하지 않다. 반타석은 탁영담 안에 있다. 그 형상이 편편하고 비스듬하여 배를 묶어놓고 잔을 돌릴 만하다. 매번 큰비가 내려 물이 불으면 소용돌이와 함께 들어갔다가 물이 내려가고 물결이 맑아진 뒤에야 비

나는 항상 오래된 병에 얽히어 괴로워하며 비록 산에 서처한다 해도 책을 읽는 데만 전적으로 뜻을 둘 수 없었다. 깊은 근심을 조식하고 나면 이따금 신체가 가뿐해지고 편안해진다. 심신이 깨끗하게 깨어 우주를 굽어보고 우러러보면 감개가 그에 이어진다. 그러면 책을 물리치고 지팡이를 짚고 나가 헌함에 서서 연못을 완상한다. 더러 화단에 올라 마음 맞는 꽃을 찾기도 하고 채마밭을 돌며 약초를 옮겨 심고 숲을 뒤져 꽃을 따기도 한다.

　어떨 때는 바위에 앉아 샘물을 튀기며 장난을 치기도 하고 대에 올라 구름을 바라보기도 한다. 또 어떤 때는 물가의 돌에서 고기를 살펴보기도 하며 배에서 갈매기를 가까이 하기도 한다. 마음 내키는 대로 가서 자유롭게 노닐다보면 눈 닿는 곳마다 흥이 인다. 경치를 만나면 흥취가 이루어지는데 흥이 극에 달해 돌아온다. 그러면 온 집이 고요하고 도서는 벽에 가득하다. 책상을 마주하고 잠자코 앉아 조심스레 마음을 가다듬고 연구 사색하여 왕왕 마음에 깨달음이 있기만 하면 다시 기뻐서 밥을 먹는 것도 잊었다. 그 합치되지 않는 것이 있으면 친구들의 가르침에 힘입고, 그래도 얻지 못하면 속으로 분발하면서도 오히려 감히 억지로 통하려 하지 않았다. 잠시 한쪽에 놔두었다가 때때로 다시 끄집어내어 마음을 비우고 생각하고 풀어 보면서 스스로 풀리기를 기다린다. 오늘 이렇게 하고 내일도 또한 이렇게 할 것이다.

　산새가 쩍쩍 울고 제철의 식물이 무성하게 우거지며 바람과 서리가 매우 차갑고 눈과 달이 엉기어 빛을 내는 것과 같이 네 철의 경치가 다르며 흥취 또한 끝이 없다. 절로 큰 추위·큰 더위·큰 바람·큰 비만 없으면 나가지 않은 때나 날이 없었으며, 나갈 때도 이렇게 하였고 돌아올 때도 또한 이렇게 하였다. 이것이 곧 한가로이 거처하면서 병을 요양하는 별 볼일이 없는 일이다. 그러니 비록 옛사람의 대문이나 뜰을 엿볼 수는 없었지만, 마음에 저절로 즐거움을 주는 것이 얕지 않아 비록 말을 하지 않고자 하였으나 어쩔 수가 없었다.

이에 곳에 따라 각기 7언시 한 수를 가지고 그 일을 적어 모두 18절구를 지었다. 또한 「몽천」·「열정」…… 등 5언으로 여러 가지를 읊은 26절구를 지었는데 앞의 시에서 다하지 못한 남은 뜻을 말한 것이었다.
[흥겨움을 적음]

아아! 나는 불행히도 늦게 먼 외딴 시골에서 태어나 촌스럽고 고루하기만 하여 들은 것이 없으나, 산과 숲의 사이를 돌아보면 일찍이 즐길 만한 것이 있음을 알았다. 중년에 망령되이 세상에 나가 속세의 바람과 흙먼지를 전신에 뒤집어쓰고 객관(客館)이나 전전하다가 거의 스스로 돌아오기도 전에 죽을 뻔하였다. 그 후 나이가 들어 늙을수록 병은 심하여지고 행하는 일마다 더욱 실패를 겪었다. 세상은 나를 버리지 않았지만 나는 세상에 버림을 받지 않을 수 없었다. 이에 비로소 울타리와 새장에서 벗어나 농지에 몸을 던지니 전에 이른바 산림의 즐거움이 기약하지 않아도 내 앞에 이끼게. 그러니 내 이제 쌓인 병

을 삭이고 깊은 근심을 틔우며 늘그막에 편안히 쉴 곳을, 이곳을 버리면 장차 어디서 구하겠는가?[반성]

비록 그러하나 옛날에 산림에서 즐긴 것을 살펴보니 또한 두 가지가 있었다. 현묘하고 허무함을 찾아 고상함을 일삼으며 즐긴 자도 있고, 도의 바른 뜻을 기뻐하여 심성을 기르며 즐긴 자도 있었다. 앞에 말한 것에 따른다면 어쩌다 "제 몸을 깨끗이 하기 위하여 윤리를 어지럽히는 데(潔身亂倫: 공자가 도가를 비판한 말)"로 흐를 수도 있으며, 심하게 말한다면 "새나 짐승과 무리와 같다"고 하여도 틀렸다고 할 수가 없다. 뒤에 말한 것에 따른다면 즐기는 것이 오직 "옛사람들의 찌꺼기(古人之糟粕: 장자가 유가들이 숭상하는 고전을 악평한 말)"일 따름이다. 그러니 그 전할 수 없는 묘법에 이르러서는 구하면 구할수록 얻지 못할 것이니 즐거움이 무엇이 있겠는가? 비록 그렇기는 하나 차라리 이것[유학]을 위해서 스스로 힘을 쓸지언정 저것[노장]을 위해서 스스로 속이지는 않을 것이다. 또한 이른바 세속의 영리를 위하여 분주한 자들이 있으니 나의 마음속[靈臺]으로 들어오려 한다는 것을 알 겨를이 있겠는가[도가와 유가의 태도의 차이]]

혹자가 말했다. "옛날의 산을 사랑한 사람들은 반드시 이름난 산을 얻어 스스로를 기탁하였는데 그대가 청량산에 거처하지 않고 이곳에 거처한 것은 어째서입니까?" 내가 대답했다. "청량산은 절벽이 만 길이나 서 있습니다. 아찔하게 깎아지른 듯한 골짜기를 바라보고 있어 늙고 병든 사람에게는 편안할 수가 없습니다. 또한 산을 좋아함과 물을 좋아함이 한 가지만 빠져도 안 되는데 지금 낙동강이 비록 청량산을 지나간다고는 하나 산 속에서는 물이 있다는 것을 알지 못합니다. 내가 실로 청량산을 바라는 마음이 있었지만 그곳은 뒤로 미루고 이곳에 먼저 자리를 잡은 것은 무릇 산과 물을 겸하고 있어서 늙은이의 병에 안락하기 때문입니다." ……[요산요수]

가정 신유년(1561) 동짓날 산 주인 노병기인(老病畸人)은 적다.

마지막에 쓴 '기인(畸人)'이라는 말은 "독특한 생각으로 세속을 초탈한 사람"을 말하는데, 원래는 『장자』의 「대종사」 편의 "인도에는 부합하지 않으나 천도에는 부합하는(不侔於人, 而侔於天)" 사람을 말한다. 그러나 이 말이 뒤에 와서는 꼭 도가적인 의미를 지닌 '도사'와 비슷한 의미보다는 오히려 '세속을 초탈한 사람' 정도로 사용되기는 하지만, 퇴계가 이러한 시문에서도 표면으로는 도가보다는 유가를 추종하겠다고 하면서도, 오히려 이따금 장자에 나오는 문자와 고사를 즐겨 사용하는 것을 보면 자못 신기하다.

위의 글에서는 이퇴계가 이 도산 땅에 서당을 짓게 되는 이유와 그 주변의 경관과 그 구내의 경물, 새로 마련하는 시설, 건물 등등에 대하여 매우 정밀하게 묘사하고 있다. 또 거기에 붙은 시들은 퇴계가 만년에 은퇴하여 강학할 때의 심경을 잘 나타내고 있다. 그 중에 7언 절구와 5언 절구 중에서 제일 처음에 나타나는 시 각 1수씩 예를 들어 본다.

「도산서당(陶山書堂)」

순임금 친히 질그릇 구우니 즐겁고 또 편안하였으며,
도연명 몸소 농사지으니 또한 얼굴에 기쁨 넘치네.
성인과 현인의 마음 쓰는 일 내 어찌 터득하리오만,
흰 머리 되어 돌아와『시경』의 「고반시」 읊어보네.

대순친도(大舜親陶) 낙차안(樂且安)하며
연명궁가(淵明躬稼) 역환안(亦歡顔)이라
성현심사(聖賢心事)를 오하득(吾何得)고
백수귀래(白首歸來) 시고반(試考槃)이라[7]

---

7) 고반(考槃): '반'은 나무로 된 두드려서 박자를 맞추는 악기의 이름이며, '고'란 말은 '두드린다'는 뜻의 동사이다. 이 「고반」 시는 은거의 즐거움을 노래한 것으로『시경』「위나라의 민요衛風」에 수록되어 있는데, 그 3장 중 초장은 다음과 같다. "악기를 두드리며 물가에 있으니(考槃在澗), 대인의 마음 너그러움이여(碩人之寬)! 홀로 잠자고 홀로 일어나고 홀로 말하며(獨寐寤言), 영원히 맹서하네, 끝내 이 즐거움 잊지 말자고(永矢弗諼)"

도산서당

순임금은 하수의 가에서 친히 도산서당의 '도'자와 같은 뜻의 질그릇을 구우며 즐겁고 또 편안하게 지냈다. 또한 도씨 성을 가진 도연명은 몸소 농사를 지었는데도 온 얼굴에 기쁨이 넘쳐흘렀다. 순임금 같은 성인과 도연명 같은 현인의 마음 씀을 나같이 어리석은 사람이 어찌 터득하겠는가마는 머리 허옇게 세어가지고 고향으로 되돌아와 은거의 즐거움을 노래한 『시경』의 「고반시」를 읊조려 본다.

「몽천(蒙泉)」

서당의 동쪽에,
샘 있으니 몽천이라네.
무엇으로 체득하리오?
올바름 기르는 공을.

서당지동(書堂之東)에
유천왈몽(有泉曰蒙)이라

하이체지(何以體之)오

양정지공(養正之功)을8)

산 아래 샘이 있는 괘상이 몽이니,

그 괘상 내 따른다네.

어찌 감히 잊으리오? 시의에 알맞음,

더욱이 과단성 있는 행동으로 덕을 기름 생각해야 하리.

산천(山泉) 괘위몽(卦爲蒙)이니

궐상(厥象)을 오소복(吾所服)이라

기감(豈敢) 망시중(忘時中)이리오9)

우당(尤當) 사과육(思果育)하리라10)

---

8) 양정(養正):『주역』「몽괘(蒙卦)」의 단사(彖辭)에 "깨닫지 못한 상태에
   서 남몰래 스스로 올바른 것을 길러야 지극히 성스러운 공을 이루게 된다
   (蒙以養止, 聖功也)"라는 말이 나옴.
9) 시중(時中): 입신(立身)과 일을 행함에 시의에 적절해서 지나침과 미치지
   못함이 없는 것을 말한다.『주역』「몽괘」의 단사에 "몽이 형통함은 형통
   한 것으로 행하니 때에 들어맞기 때문이다(蒙亨, 以亨行, 時中也)"라는
   말이 있다. 이에 대해 정병석 교수는 "몽과 형은 서로 대립적인 개념이다.
   그런데 몽 중에는 형의 의미를 함유하고 있다. 왜냐하면 몽은 끝까지 몽일
   수 없고 결국 교육을 통해 계몽되어 형통할 것이기 때문이다. 시중은 때에
   맞추는 것으로 적기에 교육을 받아야 함을 강조한 말이다"라 하였다(을유
   문화사,『주역』상권 133쪽).『중용』제2장에 "군자가 중용을 함은 군자
   답게 때에 맞춰 알맞게 하기 때문이다(君子之中庸也, 君子以時中)"라
   는 말이 나오는데, 공영달은 "기쁨과 성냄이 절도를 넘지 않음(喜怒不過
   節)"이라 하였다.
10) 과육(果育): 과단성 있는 행동으로 고상한 덕을 기르다. 곧 과행육덕(果
   行育德)을 말하는 것이다.『주역』「몽괘」의 상사에 "군자는 과단성 있는

도산서당의 동쪽에 몽천이라는 샘이 있는데, 이 샘을 잘 살펴보면 올바름을 기르는 공을 체득할 수 있다. 『주역』의 산수몽(山水蒙) 괘의 괘상은 위에 산(☶)이 있고 아래에 물(☵)이 있는 형상이다. 지금 도산의 아래에 샘이 있는 것이 그것과 꼭 부합하여 내가 그 교육과 관련 있는 괘상을 따라서 이곳에서 서당을 열었다. 또한 『주역』에서는 "몽이 형통함은 형통한 것으로 행하니 때에 들어맞기 때문이라" 하였으니 내가 어찌 감히 그 사실을 잊을 수 있겠는가? 하물며 역시 몽괘의 "군자는 과단성 있는 행동으로 덕을 기른다" 한 말을 더욱 신경 써서 생각해야 할 것이다.

퇴계 선생이 처음에는 이 48수의 시만 '도산잡영'이라고 하였으나, 그 뒤에 몇 년 동안 계속하여 이 도산서당에서 쓴 시들을 더 포괄하여 40제(題), 92수(首)를 뽑아서 자필로 정리하여 둔 것이 바로 이 『도산잡영』 책이다(이 책을 필자와 장세후는 서울 연암서가에서 번역하여 낸 바 있다. 이 글은 그 책 해설에서 많이 인용하였음을 밝힌다).

행동으로 덕을 기른다(君子以果行育德)"라는 말이 있다.

몽천

　이 책은 퇴계 선생이 57세에 지은 「서당을 고쳐 지을 땅을 도
산 남쪽에서 얻다(改卜書堂, 得地於陶山南洞)」라는 다음과 같은 시
(2수 중 제2수만 인용)로 시작이 된다.

　　도산의 언덕굽이 남쪽 경계에 흰 구름 깊은데,

　　한 줄기 몽천 동북쪽 언덕에서 나네.

　　해질녘에 고운 새는 물가에 떠다니고,

봄바람에 아름다운 풀은 봉우리와 숲에 가득하네.

감개 절로 생겨나네, 그윽이 깃들어 사는 곳에.

정말 뜻에 맞네, 저무는 해 서성이는 마음이.

만 가지 변화 끝까지 탐색함 내 어찌 감히 하리오?

원컨대 책 엮어 들고서 성현이 남긴 소리나 외웠으면.

도구남반(陶丘南畔)에 백운심(白雲深)한데

일도몽천(一道蒙泉)이 출간금(出艮岑)이라

만일채금(晚日彩禽)은 부수저(浮水渚)하고

춘풍요초(春風瑤草)는 만암림(滿巖林)이라

자생감개(自生感慨) 유서지(幽栖地)에

진협반환(眞愜盤桓) 모경심(暮境心)이라

만화궁탐(萬化窮探) 오기감(吾豈敢)고

원장편간(願將編簡) 송유음(誦遺音)이라

　　도산의 언덕굽이에 있는 남쪽 경계에는 흰 구름 더없이 깊고,
『주역』의 「몽괘」 생각나게 하는 한 줄기 샘물이 동북쪽 방위를
나타내는 간(艮) 방위의 언덕에서 졸졸 흘러나오고 있다. 해질녘
이 되자 고운 빛깔을 띤 날짐승이 물속에 있는 모래섬 가에서 둥
실 떠 있고, 봄바람이 살랑살랑 불어오니 옥 같은 아름다운 풀이

陶山雜詠

改卜書堂浮地於陶山南洞

風雨溪堂不庇床卜遷編林園勝

知百歲藏修地只宜垂生桑釣僑苑嘆

向人情所淺鳥鳴友吏偏長誓福三

徑來栖息樂愛吾人共襲芳

陶丘南畔自雲深一逕蒙茂出此岑晓

日影禽浮水法春風琢草瑞巖林自生

感悅幽棲地志愜鹽桓蕃悅心萬化露

抹吾吾堂敢顧將編誦遺音

『도산잡영』

바위산 봉우리와 숲 속에 온통 가득 차 있다. 그런 모습들을 보고 있자니 은자처럼 그윽이 깃들어 살려는 이곳에 대한 나의 감개가 절로 생겨나고, 도연명이 저녁에 지는 해를 보고 소나무를 어루만지며 서성이던 모습이 정말 내 뜻과 꼭 맞아떨어진다. 우주 만물의 온갖 변화를 끝까지 탐색하는 일이야 나 같은 사람이 어떻게 감히 해내겠는가마는, 원하는 것은 다만 옛 성현들이 남겨놓은 책들을 가지고서 그들이 남긴 목소리나 외우면서 여생을 조용하게 보내고자 하는 것이다.

이 서당은 퇴계 선생이 55세 때 고향에 돌아와 퇴계(도산의 토계 마을)에 머물기 시작한 가을부터 지어졌다. 제목에 "서당을 고쳐 지을 땅을(改卜書堂得地)……"이라고 한 것을 보면, 도산서당이 있기 전에 이미 다른 서당이 있었다는 뜻이다. 선생이 계상서당(溪上書堂: 약칭 溪堂)이라는, 제자들을 가르칠 장소를 52세 때부터 퇴계에 마련하여, 이 도산서당이 완성된 뒤에도, 함께 계속해서 유지하였다는 것은 잘 알려진 사실이다.

이 책의 내용은 저작 연대순으로 배열되었는데, 퇴계 선생의 당시의 간단한 연보와 곁들여 다시 조금 정리해 본다.

57세: 봄에 도산 남쪽에 서당 지을 터를 마련함. 8월에 주역에 대한 저서 『계몽전의』를 완성함. 위에서 말한 「서당을 고쳐 지을 땅을 도산 남쪽에서 얻다」(2수) 등 시 3제, 4수 지음.

58세: 3월 서당 근처에 창랑대(滄浪臺: 뒤에 천연대로 이름을 고침)를 지음. 10월에 성균관 대사성에 임명되었으나, 병으로 사직하자 그 다음 달에 실무를 맡지 않는 군사관계 명예직인 상호군(上護軍)에 임명되었다가 12월에 공조참판에 임명됨. 「창랑대에서 속마음을 읊음」 1제 1수 지음.

59세: 2월에 휴가를 얻어 고향으로 돌아와서 여러 번 사직 상소를 올려 7월에 역시 녕예직이며 실무는 없는 동지중추부사란 벼슬을 내려 받음. 송나라 말년에서 원나라 명나라에 걸친 성리학의 흐름을 요약한 책인 『송계원명이학통록』을 편찬하기 시작함. 「가을날 혼자 도산에 가서 놀다가 저녁에 돌아오다」 등 2제 2수 지음.

60세: 11월에 기고봉의 편지에 회답하여 사단칠정을 논변함. 이 해 도산서당이 완성됨. 「도산을 여러 가지로 읊음」과 원래 "도산잡영"이라는 이름을 붙였던 시 3제 48수 외 1

수 지음.

61세: 도산에서 머물며 3월에 서당 왼쪽에 절우사(節友社)라는 조그마한 화단을 만들고 매죽송국(梅竹松菊)을 심음. 4월 16일 밤에 아들과 손자와 제자 이덕홍을 데리고 탁영담(濯纓潭)에서 뱃놀이를 하며 함께 시를 지음. 「도산에서 뜻을 말하다」 등 9제 10수 지음.

62세: 도산에서 「절우사 화단의 매화가 늦봄에 비로소 피어……」 등 3제 5수 지음.

63세: 한 해 동안 고향 도산에 머물게 됨. 「정유일과 함께 탁영담에 배를 띄우다」 등 7제 8수 지음.

64세: 계속 도산에서 지내며 4월에 여러 제자들과 청량산에 감. 9월에 조정암 선생의 행장을 완성함. 이때 「마음에 체와 용이 없다는 말에 반박하는 글(心無體用辨)」이라는 논설을 지음. 「역락재 제군들의 글 모임에 부쳐」 등 3제 5수 지음.

65세: 도산에 머물며 4월에 글을 올려 동지중추부서란 명예직을 해임하여 줄 것을 청하여 허락받았으나 12월에 다시 그 관직을 받음. 「산에서 사철 거처하며, 네 수씩 열여섯 절구를 읊다」 등 5제 3수 지음.

이 책은 퇴계 선생이 66세에 쓴 매화를 읊은 시 2수로 끝을 맺는다.

매화가 핀 지금의 도산서원

「도산으로 매화를 찾다(陶山訪梅)」

묻노니 산 속의 두 옥 같은 신선이여,

늦봄까지 머물러 어찌하여 온갖 꽃 피는 철까지 이르렀나?

서로 만남 다른 것 같네, 예천의 객관에서와는,

한 번 웃으며 추위 우습게 여기고 내 앞으로 다가왔네.

위문산중(爲問山中) 양옥선(兩玉仙)하니
유춘하도(留春何到) 백화천(百花天)고
상봉불사(相逢不似) 양양관(襄陽館)하니
일소능한(一笑凌寒) 향아전(向我前)이라

　　도산에 가서 산속에 있는 두 그루 옥같이 희고 밝은 꽃을 피우
며 신선의 자태를 하고 있는 매화나무에게 물어본다. 평상시에는
다른 잡꽃이 피지 않는 늦겨울이나 이른 봄에만 꽃을 피우더니
올해는 어찌하여 늦봄이 되도록 꽃을 피워 고고한 자태를 뭇 다
른 잡된 꽃들과 한데 섞이게 되었는가를. 이 꽃을 보니, 벼슬을
하기 위해 서울로 가던 도중에 머물던 예천의 관아에 있던 매화
가 생각난다. 속세에서 애처로운 모습을 한 그 매화와는 사뭇 다
른 것 같은데, 이곳의 주인인 나를 보고는 한번 방긋이 웃네. 오
로지 나를 보기 위해 그간의 모진 추위도 다 이겨 내고 내 앞으
로 쓰윽 다가서는 것 같구료.

　　이 시에는 "얼마 전 예천에서 매화가 음력 2월 그믐날 무렵에
피는 것을 ▓▓▓ ▓▓▓▓ 있을 때는 봄도 이미 서물었는데 매

화가 비로소 피기 시작하였다"는 주석이 붙어 있다. 이해 1월부터 퇴계는 다시 조정에서 공조판서 같은 벼슬에 임명하여 불려 올라갔으므로, 부득이하게 다시 서울로 가기 위하여 풍기를 거쳐 소백산을 넘어가려고 하였으나 아직 얼음이 녹지 않아서 다시 예천으로 내려가서 문경을 거쳐 새재를 넘어가려고 하였다. 그러다가 예천에서 병이 나서 사직을 청하는 상소를 올리고 풍산에 있는 광흥사와 봉정사에 머물다가 늦은 봄에야 다시 도산으로 돌아오게 되었다.

「매화가 답하다(梅花答)」

나는 임포 신선이 선골로 바뀐 몸이요,
그대는 요동 땅에 내려앉았다 돌아온 학과 같나네.
서로 보고 한번 웃는 것 하늘이 허락한 것이니,
예천의 일 가지고 앞뒤의 일 비교하지 말게나!

아시포선(我是逋仙) 환골선(換骨仙)이요
공여귀학(公如歸鶴) 하요천(下遼天)이라
상간일소(相看一笑) 천응허(天應許)하니
막파양양(莫把襄陽) 교후전(較後前)하라

조정의 부름을 받고 서울로 가던 도중에 병이 나서 돌아온 내가 도산으로 와서 매화를 찾아보고 인사를 하였다. 매화는 마치 나를 보고 이렇게 대답하는 것 같다. "나는 송나라 때 항주(杭州)에 있는 서호의 고산에서 매화를 처로 삼고 학을 자식으로 삼아 벼슬을 버리고 신선처럼 고고하게 은거하며 살았던 임포(林逋)가 신선의 모습으로 변화한 정령(精靈)의 분신이오. 퇴계 그대는 요동에서 영허산(靈虛山)에 도술을 배우러 갔던 정령위(丁令威)가 학이 되어 되돌아왔던 것처럼 벼슬을 하러 서울로 가다가 도중에 학처럼 매화나무 가지가 그리워 다시 돌아온 것이나 같소. 이렇게 임포가 변한 나 같은 매화나무와 고향을 떠나 학으로 화하여 돌아온 그대가 서로 보고 한번 웃는 것은 실로 하늘이 허락한 것이오. 그러니 벼슬하러 서울로 가다가 예천의 관아에서 본 속된 관리들이나 감상하는 매화를 가지고 나와 이리저리 비교하는 천박한 행동일랑 삼가 주시게나"라고.

이퇴계 선생이 57세부터 66세까지 약 10년 동안은 한두 번 조정에서 내리는 벼슬을 받아서 서울에 가기도 하고, 또 가는 도중에 사직을 하고 돌아오기도 하였지만, 대체로 도산에 머물면서 학문 연구와 제자들을 교육하는 데 전념하고 있었다. 그래서 수록된 시들을 살펴보면, 대체로 평소에 소원하던 바가 이룩되어 즐거운 마음으로 쓴 것이 많다. 그러한 뜻을 담은 61세 때 지은 시를 한 수만 더 인용하여 본다.

「도산에서 뜻을 말하다(陶山言志)」

스스로 기뻐하네, 도산서당 반 이미 이루어졌음을,
산에 살면서도 오히려 몸소 밭가는 것 면할 수 있네.
책 옮기니 차츰차츰 옛 서실 다 비고,
대나무 심어보고 또 보니 새 죽순 싹트네.
깨닫지 못하겠네, 샘물 소리 밤 고요함에 방해되는 줄,
더욱 사랑스럽네, 산의 경치 아침에 개니 좋음이.
바야흐로 알았네, 예로부터 숲 속의 선비,
모든 일 깡그리 잊고 이름 숨기려 함을.

자희산당(自喜山堂) 반이성(半已成)하니
산거유득(山居猶得) 면궁경(免躬耕)이라
이서초초(移書稍稍) 구감진(舊龕盡)하고
식죽간간(植竹看看) 신윤생(新笋生)이라

127

미각천성(未覺泉聲) 방야정(妨夜靜)하고

갱련산색(更憐山色) 호조청(好朝晴)이라

방지자고(方知自古) 중림사(中林士)가

만사혼망(萬事渾忘) 욕회명(欲晦名)이라

　　스스로 도산서당이 반이 이미 이루어졌음을 기뻐하니, 산속에 거처하면서도 오히려 직접 밭을 갈아 농사를 지으며 살아가는 것을 면할 수 있다. 반이나마 이루어진 서당으로 책을 옮기어 오니 차츰차츰 옛날에 책을 보관하던 신주를 모시는 감실같이 좁은 서실은 비어가고, 서당 주위에 대나무를 심어 놓고 틈나는 대로 나가서 보고 또 보고 하니 새 죽순이 싹터 오른다. 서당 바깥에서는 샘물이 졸졸 소리를 내며 흘러나오지만 사람들이 내는 소음과는 달리 밤의 고요를 방해함을 전혀 느끼지를 못하겠다. 산의 경치도 아침이 되어 활짝 아름답게 개니 더욱 사랑스럽게 느껴진다. 여기에 와서 거처해 보니 비로소 옛날부터 숲 속에 숨어 은거하던 선비들이 이런 멋진 풍경 때문에 속세의 모든 일을 완전히 잊어버리고 명예 따위를 숨기려 하는 이유를 알 만하다.

　　앞으로 앞에서 말한 『퇴계집성』과 이 『노산잡영』을 비교하면

『퇴계잡영』에는 퇴계[兎溪]란 마을에 집을 짓고 살면서, 도연명 시의 각 운자를 그대로 사용하였거나 도연명의 전원생활을 흠모하는 내용이 많은 데 비하여 여기서는 상대적으로 도산서당을 짓고서 학생들을 가르치면서 주자(朱子)를 흠모하는 내용이 더 많다. 그것은 앞의 책의 저술은 '퇴계'라는 마을에 은퇴하여 사는 것을 목표로 하였으나, 이 책의 저술은 '도산서당'이라는 서당에서 연구와 강학(講學)을 목표로 하였기 때문에 당연히 그렇게 되었을 것으로 생각한다.

또 이 책에서는, 비록 퇴계 선생 당시보다는 건물이 많이 확장되고, 또 앞쪽에 옛날에는 볼 수 없었던 큰 댐이 들어서기도 하였지만, 지금까지도 대체로 퇴계 선생 당시와 같이 잘 보존되어 내려오는 도산서원 인근의 여러 가지 건물과 시설, 또는 자연 경관에 대한, 퇴계 선생의 명명(命名) 유래나 퇴계 선생의 느낌 같은 것도 잘 나타나 있음이 특색이라고 할 수도 있다.

7. 이퇴계의 만년의 모습과 시

　여기서는 이퇴계 선생의 생애에서 가장 후기에 속하는 67세부터 70세까지의 모습과 그가 그 시기에 특별히 많은 정감을 느낀 매화 시 몇 수와 자기의 묘 비문을 대신하여 새겨 달라고 부탁하고 쓴 「자명(自銘)」을 소개하고자 한다.

　이때 이퇴계는 새로 등극한 어린 임금 선조의 조정에서 부름을 받고 서울로 올라와서 3정승 다음으로 직계가 높은 관직인 우찬성, 좌찬성, 인사담당 책임자인 이조판서, 온 나라의 고급 문관들이 겸임하는 벼슬 중에는 가장 명예롭게 여기는 홍문관 대제학, 예문관 대제학 등 높은 자리를 연거푸 받았으나, 모두 사양하자 실무는 없고, 봉급만 받는 상호군(上護軍), 판중추부사 같은 자리를 받고서 고향으로 내려가서 지내다가 가끔 서울로 불리어 올라

오기도 하였다.

이 당시에도 그는 개인적으로는 건강 상태가 그렇게 좋지 못하였지만, 이미 도산서당을 지어놓고 학문에 매진하면서 여러 가지 책을 서술하고 제자들을 교육하여, 인품이나 학문으로 전국적인 명망을 확립하게 되었다. 아마 새로 등극한 임금으로서는 그와 같은 인물을 초청하여 자기의 신료, 또는 스승으로 삼는 것이 자기의 위상 정립에 큰 디딤돌이 될 것이었다. 그래서 임금은 정말 성심성의를 다하여 그를 불러 보고자 하였으나, 그는 신병을 핑계삼아 극구 사양하다가 더러 마지못하여 길을 떠나기도 하였지만 중도에 건강 때문에 돌아오기도 하고, 또 서울에 들어가서도 건강이 정말로 시원치 못하여 맡은 업무를 수행하지 못하기도 하였다.

그러나 이즈음에두 후세에 남을 만한 중요한 글 몇 편을 지있다. 그 중의 하나가 68세에 벼슬을 사양하면서 올린 「부진육조소」이고, 역시 같은 해에 벼슬을 버리고 고향으로 내려가면서 올린 『성학십도』이다. 앞엣것은 사직 상소문이지만, 여기서 임금님이 당장 힘을 기울여야 할 사항 여섯 가지를 나열한 것으로 이퇴계의 시국에 대한 정치적인 견해를 요약한 글로 이름이 높다.

뒤엣것은 임금님이 닦아야 할 학문[聖學]을 열 가지 항목으로 나누어 그림을 그려가면서 설명한 것인데, 이 열 가지 항목 안에

131

이퇴계가 평생 동안 심력을 기울여 밝히고자 하였던 사람의 심성을 바르게 유지하는 방법이 모두 잘 요약되어 있기 때문에, 이 책을 흔히 이퇴계 철학의 요체로 본다. 이러한 글들은 국역『퇴계전서』에도 수록되어 있고, 특히 뒤의 글은 그것만 번역, 주석, 해설한 한글 책도 몇 가지나 되며(최재목, 이광호 등), 영어로도 그것을 아주 정밀하게 번역하고 해설한 것이 있기도 하다(Kalton의 하버드대학 박사논문, 이메일로 검색 가능).

이퇴계는 젊을 때부터 자신이 쓴 글을 모아서 편집하여 두는 일에 매우 세심한 주의를 기울인 것 같다. 아들 손자에게 보낸 편지에 보면 자기가 보낸 편지를 반드시 버리지 말고 보관할 것이며, 더러 자기가 쓴 남에게 보내는 글이나 위로 올리는 상소문 같은 것도 전달하기 전에 꼭 내용을 반드시 복사하여 부본을 만들어 두고서 전하라고 지시한 말이 가끔 보인다. 이 점은 매사에 매우 용의주도한 이퇴계 선생의 성격의 일면을 보이기도 하고, 또 자신이 쓴 글을 후세에도 남기려는 기대 심리가 작용하기도 하였을 것으로 본다. 중국 문화 전통에서 훌륭한 글이나 말을 남기는 것은 "영원히 썩지 않는 세 가지 뜻있는 일[삼불후(三不朽)]"인 덕을 쌓는 일[입덕(立德)], 공을 쌓은 일[입공(立功)], 좋은 말을 남기는 것[입언(立言)] 중의 하나인 입언에 속하는 일이다. 내세를 별로 인정하지 않는 유가 전통에서는 이 세 가지를 후세에 남기는 것이 곧 영원히 사는 길이 되는 것이다.

만약 퇴계 선생이 지금 살아계신데 내가 그 앞에서 "선생님께서 지금까지 지으신 글을 별로 버리지 않고 잘 모으신 것은 아마도 후세에까지 잘 전하려는 의도가 있어 그렇게 하시는 것 아닙니까?"라고 질문을 드린다면, 아마도 "뭐, 내 글이 시원하다고? 쓸데 없는 소리하지 마라. 전에도 누가 부질없이 내가 쓴 편지를 모은 것[자성록(自省錄)]을 책으로 간행하려는 것을 나는 못하게 하였는데, 그 사람이 실없이 내어버렸더군! 허 참!" 하실 것이다. 그러나 이러한 말씀은 옛날 어른들의 겸사의 말투이지, 실상은 그렇지 아니할 것이다. 한자 문화권에서 문자로 된 기록을 중시하는 것은 현대인늘은 아마노 쉽게 심삭하기 어려울 정도일 것이다.

이 분은 젊을 때 자신이 남쪽으로 여행할 때 쓴 시편은 모아서 『남행록(南行錄)』이라고 하였고, 서울 쪽으로 다니면서 쓴 시편은 모아서 『서행록(西行錄)』이라고 하였고, 늙어서 퇴계마을에서 쓴 시는 모아서 『퇴계잡영(退溪雜詠)』이라고 하였고, 도산서당에서 쓴 시는 따로 모아서 『도산잡영(陶山雜詠)』이라고 하였다. 또 매화를 소재로 쓴 시편만 모은 책으로 『매화시첩(梅花詩帖)』을 만들기도 하였다.

다음에 퇴계 선생이 농암 이현보 선생의 둘째 아들이자, 자기
와 같은 연배의 친한 친구이었던 이문량(李文樑, 1498~1581)에게
서울에서 고향에 매화가 피었다는 소식을 듣고 지어 보낸 시이다.
원래 매우 긴 시이나 중간에 조금씩 생략하여 인용한다.

「이문량의 이른 봄 매화를 보다라는 시의 각운자를 써서 짓
다(用大成早春見梅韻)」

……

내 평소에 기이한 습관 많아 매화 몹시 사랑하였더니,

남들 말하기를 야윈 신선이 산과 늪에 피었다 하네.

옛 놀던 남쪽에서 옥 같은 면모 알았는데,

옛 친구 멀리서 은혜 베풀어 뿌리째 얻었다네.

스스로 기약컨대 짝되어 바위 골짝에서 놀고자 하였는데,

어찌하여 내 신세 풍진 속에 떠돌아다니는가?

서울서 어쩌다 만남 더러 없었으리오만,

내 흰 옷 검게 물들어 옛날 아님 탄식하였네.

백발이나 어찌 사양하리? 아름다운 부르심에 달려감을,

눈 깜싹할 사이 영화 능에나 참새처럼 지나가는 것이리.

병인년엔 스스로 요동의 학에 비겼는데,

돌아와 꽃 지지 않았음 볼 수 있었다네.

정묘년에 병에서 일어나 비로소 꽃 찾았는데,

옥 가지 눈꽃 모음 매우 기뻐하였다네.

무슨 뜻 있어 올해 늙음 더 심해졌나?

광채 남 쪽 곽자의 이마 걱정되어서라네.

편지조차 빡빡한 일정에 오래도록 막히어,

고개 드나 머리 숙이나 떨리고 두려워 거북 움츠린 듯하네.

매화 같은 군자 갑자기 나를 멀리할 리 없겠지만,

내가 할일은 오히려 그 높은 풍격과 친해질 수 있는 것일세.

아생다벽(我生多癖) 혹애매(酷愛梅)하니

인도구선(人道癯仙) 착산택(著山澤)이라1)

구유남국(舊遊南國) 식옥면(識玉面)하데

고인원혜(故人遠惠) 연근득(連根得)이라

자기상반(自期相伴) 노암학(老巖壑)이나

호내풍진(胡柰風塵) 거표박(去飄泊)고

기무경락(豈無京洛)에 혹상봉(或相逢)고

소의화치(素衣化緇) 차비석(嗟非昔)이라2)

---

1) 착산택(著山澤): 진나라 도연명의 「처음으로 진군참군이 되어 곡아를 지나
던 중에 짓다(始作鎭軍叅軍, 經曲阿作)」 "눈 시내와 길 다듬에 지쳐서,
마음속으로 산과 늪에 살 것 생각하네"(目倦川塗異, 心念山澤居)

135

영사백발(寧辭白髮) 부가초(赴佳招)오

별안영화(瞥眼榮華)는 과맹작(過虻雀)이라

병세자비(丙歲自比) 요동학(遼東鶴)이러니[3]

귀래급견(歸來及見) 화미락(花未落)이라

정년병기(丁年病起) 시심방(始尋芳)한데[4]

절희경지(絶喜瓊枝) 찬설악(攢雪萼)이라

하의금년(何意今年) 노갱심(老更甚)고

광생정환(光生正患) 분양액(汾陽額)이라[5]

척일엄정(尺一嚴程) 구계체(久稽滯)하여

앙궁부율(仰跼俯慄) 여구축(如龜縮)이라

매군불수(梅君不須) 거소아(遽踈我)나

아사상가(我事尙可) 친고격(親高格)이라

---

2) 소의화치(素衣化緇): 남조(南朝) 진(晉)나라 육기(陸機)의 「친구인 고영(顧榮)이 부부간에 주고받은 시를 대신하여 지어줌(爲顧彦先贈婦)」 "서울 낙양에 먼지바람 많이 일고, 흰 옷은 검게 물들여졌네."(京洛多風塵, 素衣化爲緇)

3) 병세~요동학(丙歲~遼東鶴): 병인년(66세) 3월에 봉정사에서 (사직서를 올리고) 돌아와 「도산으로 매화를 찾다」는 시와 매화가 그 시에 답한다는 시 2수를 지었는데, 그 둘째 시에서 매화가 이퇴계를 보고서 "그대는 요동 땅에 내려앉았다가 돌아온 학과 같다네(公如歸鶴下遼天)"라고 읊은 구절이 있다.

4) 정년~시심방(丁年~始尋芳): 정묘년(67세) 답청일에 병에서 일어나 홀로 도산으로 나갔는데, 이때 지은 「소매」 시 2수가 있다.

5) 광생분양액(光生汾陽額): 당나라 풍지의 『운선잡기』 권2 "곽분양공(이름은 자의)은 매번 관직을 옮길 때면 얼굴의 길이가 두 치 길어지고 이마에 빛의 기운이 났는데, 일이 끝나면 곧 원 상태로 회복되었다"(郭汾陽每遷官, 則面長二寸, 額有光氣, 事已乃復). 곽자의(郭子儀)는 당나라의 안녹산의 난을 평정하는 데 공을 세운 유명한 장군.

"시 백 수를 지었다니 정 얼마나 극진한가?"

부내의 늙은이 일 벌이기 좋아하여 나를 과장하여 이야기하고,

"이른 매화 재배에 하늘의 묘한 이치 먼저 터득하였다" 하네.

어찌 알았으리오? 도산의 매화 내 추위 겁내는 병 알고,

나와 아름답게 만나기 위해 늦게 피는 것도

오히려 사양하지 않는다니.

그대는 보지 못하였는가? 석호의 범성대를,

매화 심고 매화의 계보 따짐 천직으로 여겼음을.

또 보지 못했는가? 약재 장표를,

옥조당의 풍류 삭막하지 않았음을.

아! 내 그대 더불어 그 두 사람 쫓아서,

피로운 껄게 맑게 닦음 너욱 힘써야 하리라.

작시종백(作詩縱百) 정하극(情何極)고

분옹호사(汾翁好事) 과아설(誇我說)하고[6]

조매선득(早梅先得) 천공력(天工力)이라

기지도매(豈知陶梅) 지아병외한(知我病畏寒)고

위아가기(爲我佳期) 만발유불석(晩發猶不惜)고

___

6) 분옹(汾翁): 곧 이문량을 말함. 이문량이 사는 곳이 부내[汾川]이기 때문에
이렇게 말하였음.

군불견(君不見) 범석호(范石湖)아

종매보매(種梅譜梅) 위천직(爲天職)을7)

우불견(又不見) 장약재(張約齋)아

옥조풍류(玉照風流) 비삭막(匪索寞)을8)

차아여군(嗟我與君) 추이자(追二子)하야

고절청수(苦節淸修) 갱려각(更勵刻)하리

　이 시의 내용을 보면, 이퇴계가 왜 매화를 그렇게 좋아하게 되었으며, 또 서울에 올라와 있으면서 고향에 두고 온 매화를 얼마나 그리워하고 있는지 잘 알 수 있다. 이때(68세)까지 이퇴계는 이미 매화 시를 100여 수나 지었다는 것도 알 수 있다.

　다음은 69세 때 도산에 돌아와서 달밤에 본 매화를 읊은 시인데, 6수 중 5수를 인용한다.

---

7) 범석호~천직(范石湖 ~ 天職): 송나라의 범성대는 범촌(范村)에다 매화를 수천 그루나 심었으며, 또한 『범촌매보』를 지었다.
8) 장약재~비삭막(張約齋 ~ 匪索寞): 장약재는 이름이 파(朴)이며 자는 정수(定叟)인데, 유명한 유학자 남헌 장식(張栻)의 아우이다. 매화 3, 4백 그루를 심고 그 당의 이름을 옥조라 하였다.

「도산에서 달밤에 매화를 읊다, 여섯 수(陶山月夜, 詠梅, 六首)」

1.

홀로 산의 집 창문에 기대니 밤 풍경 차고,

매화가지 끝으로 달 오르니 정말 둥글둥글하다네.

다시 약한 바람 이르도록 부를 필요 없으리니,

절로 맑은 향 온 뜰 사이에 가득하게되리.

독의산창(獨倚山窓) 야색한(夜色寒)한데

매초월상(梅梢月上) 정단단(正團團)이라

불수갱환(不須更喚) 미풍지(微風至)하니

자유청향(自有淸香) 만원간(滿院間)이라[9]

2.

산중에 밤이 되니 쓸쓸하고 온갖 경계 비었는데,

---

9) 자유청향만원간(自有淸香滿院間): 주자의 「유온(劉韞)의 눈을 읊다라는 시의 각운자를 써서 짓다(次秀野詠雪韻)」 제1수 "문 닫고 높이 누우니 손님 옴 드물고, 일어나 하늘 꽃 온 뜰에 날림 본다네."(閉門高臥客來稀, 起看天花滿院飛)

흰 매화 차가운 달 나 같은 신선 늙은이와 짝하네.

그 가운데 오직 앞 여울만 울리어,

높아지면 슬퍼지다가 꺾이면 편안해 지는 듯.

산야요요(山夜寥寥) 만경공(萬境空)한데

백매양월(白梅凉月) 반선옹(伴仙翁)이라

개중유유(箇中唯有) 전탄향(前灘響)한데

양사위상(揚似爲商) 억사궁(抑似宮)이라

3.

뜰 안 거닐자니 달은 사람을 따르는데,

매화 곁을 내 빙빙 몇 번이나 감돌았던가?

밤 깊도록 오래 앉아 있자니 일어나는 것조차 잊어버렸는데,

향기로운 밤기운 옷과 두건 가득하고 달그림자는 온몸에 가득하네.

보섭중정(步屧中庭) 월진인(月趁人)한데10)

---

10) 보섭~월진인(步屧~月趁人): 섭(屧)은 원래 신발의 안창이라는 뜻이
    다. 송나라 소식의 「대두사에서 달밤에 산보하다가 '사람 인'자를 각운자
    로 얻어 짓다(臺頭寺步月得人字)」 "바람 은하수까지 불어 약한 구름
    쓸어버려, 뜰 안 거닐자니 달 사람 따른다네."(風吹河漢掃微雲, 步屧
    中庭月趁人)

매변행요(梅邊行遶) 기회순(幾回巡)고
야심좌구(夜深坐久) 혼망기(渾忘起)하니
향만의건(香滿衣巾) 영만신(影滿身)이라11)

4.

매화 형 늦게 피니 더욱 진실함 잘 알겠는데,

내 추위 겁내는 것 알고서 일부러 그랬으리.

아리땁도다, 이 밤에 의당 병 낫게 되리니,

밤새도록 달 마주하는 사람 될 수 있겠네.

만발매형(晚發梅兄) 갱식진(更識眞)하니12)

고응지아(故應知我) 겁한진(怯寒辰)이라

가련차야(可憐此夜) 의소병(宜蘇病)하니

---

11) 향만의건(香滿衣巾): 송나라 소식의 「아우 소철(蘇轍)의 섣달 그믐날과
   설날에 궁중에서 숙직하며 밤새 재계를 드리다는 시에 화답하다(和子
   由, 除夜元日, 省宿致齋)」 제2수 "조회에서 돌아가면 양 소매에 하늘
   향기 가득한데, 머리에 쓴 은빛 두건 조카를 웃기리."(朝回兩袖天香滿,
   頭上銀幡笑阿咸)
   영만신(影滿身): 당나라 육구몽(陸龜蒙)의 「피일휴(皮日休)의 봄날
   저녁 술에서 깨다리는 시에 화답하다(和襲美春夕酒醒)」 "갠 뒤에 밝
   은 달 떠오르는 것도 모르겠는데, 온몸에 꽃 그림자 비치고 예쁜 사람
   부축하네."(覺後不知明月上, 滿身花影倩人扶)
12) 매형(梅兄): 매화를 의인화하여 높여서 부른 호칭.

능작종소(能作終宵) 대월인(對月人)이라

5.

왕년에는 돌아와 향내 옷에 스밈 기뻐하였고,

지난해는 병 털고 일어나 또 꽃 찾았다네.

오늘 차마 서호의 빼어난 경치로,

서울의 붉은 흙먼지 바꾸어 취하느라 바쁘리?

왕세행귀(往歲行歸) 희읍향(喜裛香)하고[13]

거년병기(去年病起) 우심방(又尋芳)이라

여금인파(如今忍把) 서호승(西湖勝)으로[14]

박취동화(博取東華) 연토망(軟土忙)고[15]

---

13) 희읍향(喜裛香): 당나라 이상은(李商隱)의 「11월 중순 부풍의 경계에 이
르러 매화를 보다(十一月中旬, 至扶風界, 見梅花)」 "길 두르고 정정
하게 곱고, 제철 아닌데도 물씬물씬 향기 배어나네."(匝路亭亭艷, 非時
裛裛香)

14) 서호승(西湖勝): 항주(杭州) 서호의 고산(孤山)에서 송나라 때 문인 임포
가 매화를 처로 삼고 학을 자식으로 삼은 것을 끌어다 썼음.

15) 박취(博取): '박'은 '바꾸다'라는 뜻과 같다.
동화(東華): 문무백관이 임금을 배알하러 드나드는 문을 말함.
연토(軟土): 연홍진토(軟紅塵土)의 준 말로 연분홍빛 붉은 흙먼지라는
뜻. 번화하고 시끌벅적한 수도 서울을 비유하는 말임. 소식의 「전협권(錢
穆權)과 장기기(蔣止期)가 경영궁으로 임금을 수행하여 지은 시의 각
운시를 써서 짓다(次韻蔣潁叔錢穆父從駕景靈宮)」 제2수 "반백의 머

퇴계 선생은 70세 되던 해 12월 8일에 매화 화분에 물을 주라
고 한 다음 누운 자리에서 부축을 받고 일어나서 편안하게 운명
을 하셨다고 그분의 언행록에 적혀 있다.

마지막으로, 퇴계 선생의 임종을 앞두고 당신의 평생을 돌아보
면서 쓴 「자명(自銘)」 전문을 소개한다.

> 태어나서는 크게 어리석었고,
> 장성하여서는 병이 많았다네.
> 중년에는 어찌 학문을 좋아했으며,
> 말년에는 어찌 벼슬에 올랐던고?
> 학문은 구할수록 멀어지기만 하고,
> 벼슬은 사양할수록 몸에 얽히었다네.
> 세상에 진출하면 실패가 많았고,
> 물러나 은둔하면 올바를 수 있었다네.
> 국가의 은혜에 깊이 부끄럽고,
> 성인의 말씀이 참으로 두려웠다네.

리칼 목까지 늘어뜨린 것 부끄러워하지 않고 연한 붉은 흙먼지 덮어쓰고
임금님의 수레 따르는 일 오히려 좋아하네"(半白不羞垂領髮, 軟紅猶戀
屬車塵).

아아! 산은 높고 높기만 하고,

물은 근원이 깊기만 하구나.

초지를 한가로이 지키며,

뭇 비방에서 벗어나려 하였다네.

내 그리워하는 분 저 멀리 있어 볼 수 없으니,

내 차고 있는 아름다운 구슬을 어느 누가 구경해 주리?

내 옛적 어른들을 생각하니,

정말 내 마음을 사로잡으셨구나.

어찌 후세 사람들이,

지금의 내 마음을 사로잡지 못한다 하랴?

근심스러운 가운데에 즐거움이 있고,

즐거운 가운데도 근심이 나네.

조화를 타고 돌아가니,

다시 무엇을 구하리?

생이대치(生而大癡)하고

장이다질(壯而多疾)이라

중하기학(中何嗜學)하고

만하도작(晩何叨爵)고

학구유막(學求猶邈)하고

지사유영(職斯愈嬰)이니

진행지겁(進行之路)하고
퇴장지정(退藏之貞)이라
심참국은(深慚國恩)하고
단외성언(亶畏聖言)이라
유산억억(有山巖巖)하고
유수원원(有水源源)이라
파사초복(婆娑初服)하니
탈략중신(脫略衆訕)이라
아회이저(我懷伊阻)하니
아패수완(我佩誰玩)고
아사고인(我思故人)하니
실획아심(實獲我心)이로다
영지내세(寧知來世)에
불획금혜(不獲今兮)리오
우중유락(憂中有樂)하고
낙중유우(樂中有憂)라
승화귀진(乘化歸盡)하리니
부하구혜(復何求兮)리오

겸손한 가운데도 학문에 대한 확신을 담은 글이다. 이퇴계가 어떤 분인지 이해하는 데 이보다 더 훌륭한 설명은 없을 것이다. 이

145

「퇴도만은이공지묘(退陶晩隱李公之墓)」

글을 퇴계 선생은 당신의 묘 비문 대신 새겨 달라고 해서 지금 보이는 퇴계 선생의 묘비 뒷면에 새겨 넣었다. 이 비문 앞면에 보이는, 자랑스러운 관직명을 길게 나열하지 않고 「퇴계와 도산에 만년에 숨어 산 이공의 묘」라는 뜻으로 「퇴도만은이공지묘(退陶晩隱李公之墓)」라고만 쓴 소박한 문구도, 퇴계 선생 자신이 유언으로 결정한 것이다.

('13.7.28. 일모에)

8. 마무리:

이퇴계의 시작(詩作) 연보

지금까지 한 이야기를 대강 요약하여 보자. 앞에서 이야기한 내용을 토대로 퇴계 선생의 연표를 만들어 본다. 언급한 시 작품도 아울러 표시한다.

1501년 음력 11월 25일 예안 온계리에서 진성 이씨로 진사인 이식과 춘천박씨 사이에 태어남. 위로 의성김씨 소생인 이복형님이 2분, 동복형님이 3분 있었음.

2세 아버지가 병으로 작고하였으나, 전취 처가의 장인으로부터 많은 책을 얻어 남기었음.

10여 세 삼촌인 송재공이 진주목사로 근무하면서 데려다가 『논어』 같은 책을 가르치고 주석까지 모두 외우게 함.

13세 도연명 시를 즐겨 읽음.

15세 「가제(石蟹)」를 지었는데 평생 협소한 산촌에 은거함을 좋아하는 운명을 예언하듯 하였음.

16세 삼촌이 안동부사로 부임하여 와서 14세 된 자기 아들과 함께 봉정사에 들어가서 과거 시험 준비를 하게 함.

18세 「들 못(野池)」를 지었는데 도학적 사색을 좋아함을 드러내 보임.

19세 [중종 14년 기묘] 봄에 조광조가 신설한 현량과에 각 지역 대표 100명을 뽑는 데 선발되어 서울로 올라갔으나 두 번째이자 마지막 관문인 28명을 뽑는 데는 통과하지 못함. 만약 퇴계가 이 시험에 합격하였더라면, 그 해 말로 끝난 조광조의 실각과 운명을 같이하였을 것임.

가을에 서울에서 본 문과 초시에 응시하였으나 역시 불합격함. 이 길에 성균관으로 임금님을 모시고 나온 조광조를 먼발치에서 바라보고 매우 존경하는 마음을 가졌다

함.

연말에 사화가 발생하여 조광조 일파가 제거됨.

이 무렵에 『성리대전』을 읽고, 「영회(詠懷)」라는 시를 지어 도학적인 세계관을 보임.

20세 『주역』 연구에 열중하여 건강이 나빠지고, 불면증이 생기기 시작함.

21세 허씨와 결혼. 당시의 관례에 따라서 부인은 친정집이 있는 영주의 푸실 마을에 그대로 살고, 퇴계 선생은 온혜의 본가와 영주의 처가를 내왕하였다고 함.

23세 맏아들 준이 태어남.

성균관에 유학하였으나 분위기가 마음에 들지 못하여 2개월 만에 귀향함.

27세 둘째아들 채가 태어났으나, 산고로 허씨부인이 죽음. 산소를 처외조부인 문경동 공의 묘소가 있는 푸실 뒷산에 씀.

경상도 향시에 응시하여 진사시에 1등, 생원시에는 2등으로 합격.

28세 청량산에서 「백운암기」를 지음.

30세 권씨부인과 재혼.

31세 창원의 관기 출신인 소실과 사이에 서자인 적이 태어남.

온혜의 양곡에 "지산와사"라는 조그마한 집을 처음 짓고 「지산와사」를 지음.

33세 경상좌도에서 시행한 대과 향시 초시에 1등으로 합격함. 2등은 남명 조식(曺植).

이때 경상도의 여러 지방을 여행하면서 쓴 시 109수를 모아서 『남행록』을 만듦.

그 중에 수록된 「길재 선생님의 여각에 들러(過吉再先生 閭)」가 뒤에 퇴계 선생 문집을 편찬할 때 맨 앞에 실리게 됨.

34세 상경하여 대과의 회시와 전시에 연이어 합격하여 승문원 부정자로 벼슬을 시작함.

37세 어머니 상을 당함. 2년 동안 벼슬에서 물러남.

39세 탈상을 하고서 홍문관 수찬 벼슬을 받음.

41세 사가독서를 시작함. 자문점마관으로 의주까지 출장. 「의 주잡영」 12수를 지었는데, 그 중 「압록천참」 등 몇 수는 대표적인 명작으로 알려짐.

42세 의정부 검상벼슬을 하면서 봄에는 충청도, 가을에는 강원 도 등지에 어사로 나감.

「태안효행」, 「전의현남행」.

44세 이때까지 4년간 벼슬하는 사이 틈틈이 사가독서를 하면서, 독서당 주위의 풍경묘사나, 같이 독서하는 친구들과 주고받는 많은 시를 지음.

45세 [명종 즉위년 을사] 인종대왕이 등극한 지 1년 만에 갑자기 죽음. 사화가 발생하여 인종의 외숙인 윤임 등 대윤 세력이 축출되면서 사림파의 선비들이 많이 연루되어 피해를 입음.

46세 [명종 원년 병오] 이때까지 지산와사에서 삶. 「망호당심매, 병오중춘, 장귀영남」

7월 고향에 와서 있는 사이에 서울에서 재취 권씨부인 별세.

양진암을 지음. 「동암언지」, 「고산」 등 9수.

영지산 부근에 사는 사람이라는 뜻으로 사용하던 "지산"이라는 호를 그만두고, "퇴계"라는 호를 사용하기 시작함.

47세 [명종 3년 정미] 양재역 벽서 사건이 일어나 함께 사가독서 하던 친구 중 임형수가 죽음을 당하고, 경상도 출신 선배인 회재 이언적, 충재 권벌 선생 등이 귀양감.

안동부사로 발령을 받았으나 사양함.

8월에 홍문관 응교로 발령을 받고 서울에 도착하여 「고의(古意)」라는 시를 지어, 벼슬하다가 상처를 입는 가련한 사람들의 신세를 노래함.

하계 동쪽 낙동강변에 있는 내살메[천사촌]라는 마을에 집을 마련하고 "만권서를 갖추었다"고 「천사촌」 시에서 읊음.

상계에 별당인 한서암이라는 초가집을 완공함. 이때 역시 상계에 살림집인 기와집[溪莊]을 짓고 있었음.

주자의 「무이구곡」에 차운한 시를 지음.

48세 1월에 단양군수로 부임, 「부단산, 유증」, 「마상」

2월에 둘째아들 채가 죽음.

친형인 온계 이해가 충청도 감사로 부임하여 왔기 때문에, 10월에 풍기군수로 옮김.

49세 「유소백산기」, 「농암선생님이 한서암으로 왕림하시다(寒棲李先生來臨)」

50세 「퇴계」

57세 봄에 도산 남쪽에 서당을 지을 터를 마련하고 「개복서당, 득지어도산남동」을 지음.

8월에 주역에 대한 저서 『계몽전의』를 완성함.

「황중거구제화시십폭」 중 「율리귀경」에서 백이숙제보다 도연명의 은거 태도를 더 높이 평함.

58세 10월에 성균관 대사성에 임명되었으나 병으로 사직, 12월에 공조참판에 임명됨.

59세 2월에 고향으로 돌아와서 여러 번 사직소를 올려 실무는 없는 명예직인 동지중추부사를 받음.

60세 11월에 기고봉과 사단칠정을 논변함.

도산서당이 낙성되다. '도산잡영'이라는 이름으로 묶은 시 40여 수를 지어 서원 안팎의 여러 모습을 노래함.

61세 4월 16일 탁영담에서 아들과 손자와 제자 이덕홍을 데리고 뱃놀이하면서 시를 지음.

「도산언지」 등 9제 10수를 지음.

동짓날 『도산잡영』의 서문인 「도산잡영 병기」를 지음.

62세 「사시유거호음」의 첫째 시에서 동산의 꽃이나, 뜰의 초목도 모두 사세히 살펴보면 천지 만물의 본성[건곤성정]을 드러낸다고 하였음.

64세 「심무체용변」을 지음.

65세 4월에 동지중추부사를 사임하였으나 12월에 다시 그 관직을 받음.

153

66세 1월에 공조판서에 임명되었으나 올라가는 길에 병이 나서 다시 도산으로 돌아오다. 「도산방매」

68세 우찬성으로 승진, 양관 대제학을 겸하다. 「무진육조소」, 『성학십도』

70세 12월 8일 졸하다. 임종을 앞두고 평생을 돌아본 「자명」을 지음.

퇴계의 삶의 모습과 시의 면모

지금까지 한 이야기를 위와 같은 연표로 한차례 정리하여 보았으나, 다시 좀 풀어 설명을 하고자 한다.

흔히 퇴계 선생을 이야기할 때면 떠올리는 상식적인 이야기가 몇 가지 있다. "일찍이 아버지가 돌아가셔서 어머니 혼자서 매우 가난하게 키웠지만, 공부에만 전념하여 큰 학자가 되셨다"라던가, "평생 공부만 하셨지 살림살이에는 별 관심이 없어, 끼니를 이을 양식이 없어도 걱정도 하지 않으셨다"던가, "병약하시면서도 공부

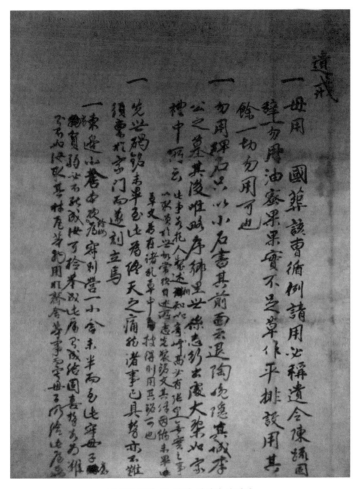
조카가 받아 쓴 퇴계 선생의 유언장

에만 전념하셨다"던가, "평생 벼슬하시는 것을 싫어하여 처음부터 과거 시험조차 보기 싫어 하셨다"는 등등……

그러나 필자가 읽어본 그분이 아드님에게 보낸 지금까지 미공개되었던 편지들 좀 읽어보면 "평생 동안 병약하셨다"는 것과 "공부에 전념하셨다"는 사실을 제외하고는, 꼭 그렇게만 말할 수 없다는 점을 알게 된다. 이 점에 관하여서는 필자가 번역한 『퇴계 이황, 아들에게 편지를 쓰다』는 책의 해설 등에서 이미 몇 차례 밝힌 바 있기 때문에, 여기서 다시 소상하게 설명하는 것을 피하고, 다만 이 책에서 이미 설명한 관련된 부분만 좀 요약하여 보려고 한다.

옛날부터 "할아버지가 재산을 모으고, 아버지가 책을 모아야 학자가 난다"는 이야기가 있다. 지금의 "할아버지의 재력에 어머니의 정보력"이라는 말이나 통하는 말이라고 생각한다. 역사하는 사람들의 연구에 의하면 이퇴계 선생이 사시던 안동 지역이 경상도의 딴 지역에 비하여서도 당시로서는 일찍이 수리 시설이 정비되고, 벼농사가 앞서 발달하고 있었다고 한다. 퇴계 선생 자신도 이앙법(移秧法)에 관심이 많아서 "논의 절반은 직파를 하고, 절반은 이양을 하여보라"고 아드님에게 지시한 말이 보인다.

이러한 점 한 가지만 보아도, 퇴계 선생이 평새 "실리에는 두한한" 공리공론만 일삼은 성리학자는 아니라는 것을 알 수 있을 것 같다. 일반인들이 지금까지 들어오고 믿어왔던 바와는 반대로 퇴계 선생은 모든 면에 매우 치밀하고 용의주도하셔서, 비록 자신의 평소의 사생활에서는 근검절약하고 공직 생활에서는 청렴 결백하셨던 것은 사실이지만, 살림살이에 대하여서도 결코 등한 하셨던 것이 아니라 오히려 누구보다도 더욱 철저하게 관리를 하셨던 것이다.

퇴계 선생께서 돌아가신 지 19년 만에 작성한 손자, 손녀들 5 남매에게 재산을 남녀 구분 없이 똑같이 분배한 「분재기」가 지금 도산의 국학진흥원 박물관에 보존되어 있는데, 거기 보면 이 가문의 토지와 노비가 예안, 봉화, 영주, 풍산, 심지어 경남의 의령, 단성, 고성까지 산재하고 있는데, 이 중에는 퇴계 선생이 친가로부터 상속한 재산과 처가에서 상속한 재산이 "내변(內邊)"과 "외변(外邊)"으로 구분되어 표시되어 있는데, 허씨와 권씨 두 처가에서 받은 "외변" 재산이 아주 많기는 하지만, 예안 봉화 지역에 있는 친가로부터 받은 "내변"의 재산도 상당한 것으로 표시되어 있다.

이렇게 보면 친가 "할아버지의 재력"을 어느 정도 짐작할 수가 있다. 외가 할아버지로부터는 "많은 책"을 아버지가 얻었음을 앞에서 이야기한 적이 있다. 그렇지만, 퇴계 선생이 쓴 글이나 시를 보면 자신이 "가난하다"고 더러 표현하고 있는데, 실제 생활은 항상 가난한 사람과 같이 검소하게 사는 것을 목표로 하였을 것으로 생각된다.

그의 시를 보면, 늘 보잘것없는 초가집[모옥, 한사]에서만 산 것으로 나타난다. 그러나 그는 실제로 초가집에만 산 것이 아니라, 이러한 초가집은 별체[별당]로 볼 수 있고, 살림집은 기와로 지었던 것이 만년에는 동재 서재라고 하여 두 채나 있었던 것이다. 이와 비슷한 예는 중국의 문인 학자들이나 한국의 선비들에게 자주 보이는 일이다. 요즘 사람들이 좋은 집, 값진 물품을 가졌거나, 어디 비싼 외국여행이라도 다녀오면 자랑하는 것과는 다른 태도라고 할 수 있을 것이다.

이퇴계 선생이 큰 학자가 되는 데 필요한 경제적인 터전은 그렇다고 하겠으나, 퇴계가 "퇴계"로서 남의 추종을 불허하는 위대한 학자가 된 데에는 또 다른 "퇴계다움"이 있어야 할 것인데 그 점은 과연 어떤 것인가?

퇴계 선생은 10대 중반부터 한 편으로는 남들같이 과거시험을 준비하면서도, 한 편으로는 이미 성리학적인 사색에 몰두하기 시작한 것 같다. 20세 전에『주역』공부에 너무 심취하여 건강을 돌보지 않고 매달리다가, 평생 불면증을 얻게 된 것을 후회하는 말씀을 가끔 하신 것을 보면 그분의 학구열이 얼마나 대단한가를 알 수 있다. 그의 이러한 면모는 그때부터 특출하여 19세에 이미 조광조가 창안한 현량과라는 인재 등용 특별시험에 경상도를 대표하는 수재의 한 사람으로 선발되어 서울에 올라가기도 하였다.

불행인지, 다행인지 그 시험의 마지막 관문을 통과하지는 못하였는데, 만약 이 시험에 붙었더라면 얼마 있지 않아서 끝나버린 조광조의 실각과 더불어 퇴계의 운명도 크게 바뀌었을 것이다. 아마 그때에 받은 너무나 큰 충격 때문인지, 20대 초반에도 몇 차례나 더 과거시험에 도전하였지만 연거푸 고배를 마시고 자못 실망을 하고 있다가, 20대 후반에 가서야 원기를 회복하였는지 지방과 서울에서 보는 몇 차례의 시험에 합격하면서 34세에 비로소 조정에 들어가서 벼슬을 하게 된다.

40이 넘어서자 그의 출세 길은 탄탄하게 열리고 있었다. 임금과 가장 가까이할 수 있는 "옥당"이라고 부르는 홍문관 같은 요직 중에도 요직인 부서에 들어가서 근무하면서 44세까지 자주 사가독서를 하는 특전을 누리면서 많은 시를 짓고, 좋은 책을 자주 접할 수 있었다. 이 사가독서의 목적 중의 하나가 중국에서 사신이 나왔을 때, 그들과 마주 앉아서 즉석에서 시를 주고받을 수 있는 능력을 배양하는 데도 있었으며, 제도상 "월과(月課)"라고 하여 한 달에 한 번씩 지은 시를 임금님에게까지 지어 올리는 훈련을 하였다고 하니, 아마 당시로서는 시인으로서도 가장 촉망을 받은 인물로 선정된 것이 틀림없다.

그러나 이렇게 탄탄한 출세의 길이 눈앞에 열리고 있었음에도 불구하고, 당시에 연거푸 일어나는 사화와 이 때문에 조광조, 이언적, 권벌 같은 선배 유학자들의 말로가 비참하게 되고, 심지어는 같이 사가독서를 하다가 일찍이 출세를 하게 된 임형수 같은 친구가 죽음을 당하는 것을 보고는 점점 벼슬길에 대하여 실망을 하고 자주 물러날 생각을 하게 되었던 것 같다.

그러나 출세간적인 면을 중시하는 유가에게 있어 벼슬은 자기의 이상을 실현할 수도 있고, 자기 자신의 영달뿐만 아니라 부모 조상을 영광스럽게 하는 효도의 길이기도 하였다. 그러저러한 면을 생각할 때 퇴계 선생도 처음부터 과거시험을 아예 싫어하였다거나 벼슬길에 나아가는 것을 회피하였다고 볼 수는 없다. 또 은퇴를 생각하면서도 결코 모든 것을 잊고 속세와 관계를 단절하는 도가적인 은퇴나 백이숙제 식의 타협을 모르는 일방적인 물러남보다는 "때에 맞추어[시중(時中)]" 물러날 수 있으면 물러나고 나아갈 수 있으면 나아간다는 공자를 위시한 유가나, 도연명 같은 은자의 절충적인 태도를 처음에는 두겨취였으나 나이가 높아지고 나라에서 내리는 지위가 높아 갈수록 그의 벼슬에 대한 태도는 점점 더 완강한 반대쪽으로 흘러가고, 시에서도 그렇게 변하여 가는 생각을 느낄 수 있다.

　그가 만년으로 갈수록 매화를 사랑하는 시를 많이 쓴 것은, 끝까지 조촐한 모습을 변하지 않은 매화의 자태를 동경한 것이다. 그러나 그가 좌찬성이나 대제학 같은 벼슬을 비록 사양하기는 하였지만, 자기의 영달로 하여 자기의 아버지, 할아버지의 사후의 명예직이 그만큼 올라간다는 사실에 대하여서는 매우 흐뭇하게 생각하였을 것이 틀림없다. 이러한 점을 생각하면 퇴계 선생을 위시한 유학자들의 벼슬에 대한 생각도 다만 나아가는 것이 과연 "때에 맞는가? 맞지 않는가?" 하는 것이 중요하였지, "처음부터 벼슬을 싫어한 것"은 유가의 본령에도 맞지 않거니와, 사실도 아님을 알 수 있나.

　퇴계 선생은 훌륭한 시인인가? 그렇다. 당대에 제일가는 시인 중의 한 분임은 틀림없고, 그의 철학이 독보적인 것같이 그의 시도 매우 특색이 있는 것으로 생각한다. 그는 제자인 정유일이라는 제자에게 보낸 편지에서 "공부에는 두 가지가 있는데, 철학적인 사색과 같이 엄밀한 공부[긴수작(緊酬酌)]가 있고, 문예 습작과 같은 좀 느슨한 공부[한수작(閒酬酌)]가 있다. 이 두 가지를 번갈아 가면서 하여야지 오직 엄밀한 공부 한 가지에만 몰두하여서는 아무 것도 이룰 수가 없다"고 하신 적이 있다.

앞에서 다룬 시들을 나는 다음과 같이 좀 분류하여 보고자 한다.

* 은사가 되고자

시라는 것이 본래 마음을 느긋하게 한 상태에서 쓰는 것[한수작]이니까 잠시 출세간적인 벼슬, 딱딱한 학문 같은 것을 벗어놓고, 초연하게 은일한 상태를 즐기면서 적은 시가 단연코 많다. 이러한 시에서는 『장자』나 『신선전』 같은 데 나오는 재미있는 전고도 꺼리지 않고 많이 사용하지만 "결신난륜"하는 도가적인 은일보다는 "시중(時中)"을 중시하는 유가적인 은자의 태도를 견지하고자 한다. 그런 점에서 도연명의 시를 즐겨 읊조리고서, 그 시에 나오는 각운자를 차용하여 지은 시가 많다.

「가재(石蟹)」

돌을 지고 모래를 파니 절로 집이 되고,
앞으로 가고 뒤로도 가는데 다리가 많기도 해라.

한평생 한 움큼 산 샘물 속에 살면서,
강호의 물이 얼마인지 묻지 않는다네.

부석천사(負石穿沙) 자유가(自有家)하고
전행각주(前行卻走) 족편다(足偏多)라
생애일국(生涯一掬) 산천리(山泉裏)하여
불문강호(不問江湖) 수기하(水幾何)라

「율리로 돌아와 밭을 갈다(栗里歸耕)」

묘금도 유씨가 정권을 훔쳐 기세 세상에 넘쳤는데,
강성에서 국화 따는 이 어진이 있네.
수양산에서 굶어 죽은 것 어찌 편협하다 않겠는가?
남산의 아름다운 기운 더욱 초연하기만 하네.

묘금절정(卯金竊鼎) 세도천(勢滔天)한데
힐국강성(擷菊江城) 유차현(有此賢)이라
아사수양(餓死首陽) 무내애(無乃隘)아
남산가기(南山佳氣) 갱초연(更超然)이라

「도연명집에서 '음주'시에 화답하다. 제5수」

내 본래 산과 들 좋아하는 체질이라,

조용함은 좋아해도 시끄러움은 사랑하지 않네.

시끄러움 좋아하는 것 실로 옳은 일은 아니지만,

조용함만 좋아하는 것 또한 한쪽으로 치우친 것이라네.

그대 큰 도를 지닌 사람들 보게나,

조정과 저자를 구름 낀 산과 같이 여긴다네.

의리에 맞으면 곧 나갈 것인데,

갈 수도 있고 돌아올 수도 있다네.

다만 걱정되는 것은 쉽게 갈리고 물들여지는 것이니,

어찌 조용히 몸 닦으라는 말을 돈독히 하지 않으리오

아본(我本) 산야질(山野質)이라

애정(愛靜) 불애훤(不愛喧)이라

애훤(愛喧) 고불가(固不可)나

애정(愛靜) 역일편(亦一偏)이라

군간(君看) 대도인(大道人)하라

조시(朝市) 등운산(等雲山)이라

의안(義安) 즉도지(卽蹈之)나

가왕(可往) 역가환(亦可還)이라

단공(但恐) 이린치(易磷緇)니
영돈(寧敎) 정수언(靜修言)이리오

* 도학자로서

시로서 철학적인 이치를 비유하기도 하고, 눈에 보이는 삼라만
상이 모두 도의 이치가 구현된 것으로 보아서 산수와 자연을 즐
겁게 관조하는 시를 많이 썼으며, 도학자로서 주자를 흠모하는 시
와, 그가 쓴 시에 차운한 시도 적지 않게 보인다.

「늘 못(野池)」

고운 풀 이슬에 젖어 물가를 둘렀는데,
고요한 맑은 못에는 티끌도 없네.
구름 날고 새 지나는 것이야 원래 제 맘대로이나,
단지 때때로 제비가 물결 찰까 두려워라.

노초요요(露草夭夭) 요수애(繞水涯)한데,
소당청활(小塘淸活) 정무사(淨無沙)라

165

운비조과(雲飛鳥過) 원상관(元相管)이나

지파시시(只怕時時) 연축파(燕蹴波)라

「영회(詠懷)」

유독 초당의 만 권 책을 사랑하여,

한결같은 심사로 지내온 지 십여 년이라네.

근래에는 근원의 시초를 깨달은 듯,

내 마음 전체를 태허로 여기네.

독애임려(獨愛林廬) 만권서(萬卷書)하여

일반심사(一般心事) 십년여(十年餘)라

이래사여(邇來似與) 원두회(源頭會)하여

도파오심(都把吾心) 간태허(看太虛)라

「서당을 고쳐 지을 땅을 도산남쪽에서 얻다(改卜書堂, 得地於

陶山南洞) 제2수」

노산의 언덕넘이 남쪽 경계에 흰 구름 깊은데,

한 줄기 몽천 동북쪽 언덕에서 나네.

해질녘에 고운 새는 물가에 떠다니고,

봄바람에 아름다운 풀은 봉우리와 숲에 가득하네.

감개 절로 생겨나네, 그윽이 깃들어 사는 곳에.

정말 뜻에 맞네, 저무는 해 서성이는 마음이.

만 가지 변화 끝까지 탐색함 내 어찌 감히 하리오?

원컨대 책 엮어 들고서 성현이 남긴 소리나 외웠으면.

도구남반(陶丘南畔)에 백운심(白雲深)한데

일도몽천(一道蒙泉)이 출간금(出艮岑)이라

만일채금(晚日彩禽)은 부수저(浮水渚)하고

춘풍요초(春風瑤草)는 만암림(滿巖林)이라

자생감개(自生感慨) 유서지(幽栖地)에

진협반환(眞愜盤桓) 모경심(暮境心)이라

만화궁탐(萬化窮探) 오기감(吾豈敢)고

원장편간(願將編簡) 송유음(誦遺音)이라

* 문인으로서

대체로 온유돈후한 시를 많이 썼지만, 시인으로서 탁월한 상상력, 유머, 흥취와 멋을 나타낸 시도 적지는 않다. 다음 두 번째 시 같은 것은 당시의 세태에 대한 불만을 여과 없이 나타낸 것이다. 그러나 이러한 격정적인 시는 아주 드물다.

「압록강이란 천연 요새지(鴨綠天塹)」

해 저무는 국경의 성에 올라 홀로 난간에 기대고 섰으니,
한 소리 북쪽 사람들 피리소리 수루 위에 들려오네.
그대에게 중국과의 경계가 어디쯤인지 묻고저 하니,
웃으면서 손짓하네, 긴 강의 서쪽 언덕에 있는 산을.

일모변성(日暮邊城) 독의란(獨倚闌)한데
일성강적(一聲羌笛) 수루간(戍樓間)이라
빙군욕식(憑君欲識) 중원계(中原界)하니
소지장강(笑指長江) 서안산(西岸山)이라

「망호당의 매화를 찾아서(望湖堂尋梅)」

망호당 아래 한 그루의 매화를,

몇 차례나 봄을 찾아 말을 달려와 보았던가?

천리 돌아가는 노정에도 너를 저버리기 어려워,

문 두드리고 다시 지었네 옥산이 무너지는 꼴을.

망호당하(望湖堂下) 일주매(一株梅)를

기도심춘(幾度尋春) 주마래(走馬來)오

천리귀정(千里歸程) 난여부(難汝負)하여

고문갱작(敲門更作) 옥산퇴(玉山頹)라

「단양으로 부임하다. 독서당의 전별석상에 지어 남기다(赴丹山, 留贈)」

십 년 동안 깊은 병 앓으면서 봉록만 받는 것 부끄러운데,

바다 같은 은혜 입어 도리어 군수의 자리 얻게 되었네.

청송의 백학과는 비록 연분 없으나,

짙푸른 물 많은 단양과는 정말 인연 있다네.

169

북쪽 궁궐 그리워질 때는 촛불 내리시던 밤 생각나고,

독서당 떠나려 하니 매화 감상하던 일 생각나리니.

시든 백성 쓰다듬노라면 심신이 다 피로해질 터이니,

동헌에서인들 도리어 꼭 옛 터전 생각나지 않으리?

십재침아(十載沈痾) 괴소찬(愧素餐)한대

홍은유득(洪恩猶得) 군부현(郡符懸)이라

청송백학(靑松白鶴) 수무분(雖無分)이나

벽수단산(碧水丹山) 신유연(信有緣)이라

북궐연회(北闕戀懷) 분촉야(分燭夜)요

동호이사(東湖離思) 상매천(賞梅天)이라

무마조채(撫摩凋瘵) 피심력(疲心力)이면

영각번응(鈴閣翻應) 억고전(憶故田)가

* 관리로서

관리로서 업무를 수행하면서 느끼는 애환을 적은 시도 있다.
다음 2수는 42세에 충청도의 기근을 조사하기 위하여 나갔을 때
지은 시들이다. 첫째 시는 만민을 다스리는 민 세세시 맡은 임무

를 띠고 경상도로 나간 형님을 생각하면서 쓴 것이요, 두 번째 것은 굶주리는 백성들을 보면서 마음 아파한 것이다. 두 수 모두 매우 잘 된 시다. 단양이나 풍기의 지방 수령을 각각 단 기간에 한 일이 있지만, 그때는 이미 은퇴를 결심하고 있었던 터라 벼슬에서 물러나고 싶다는 시만 더러 보인다.

또 서울에 머물면서 명예로운 벼슬도 많이 하였지만, 그것을 명예롭게 생각한 시나, 서울의 도시 풍경 같은 것을 읊은 시는 거의 없다.

「태안에서 새벽에 달려가면서, 경명형님을 생각하노라泰安曉
行, 憶景明兄」

군의 성문 앞에서 호각을 불어 밤에 열게 하니,
오직 왕명 받드는 길, 급하게 갈아타고 달리네.
덜 깬 꿈결 안장에 묶은 채 몸은 얼얼한데,
떠도는 빛 바다에 연하였고 달빛만 훤하네.
인기척에 놀란 학은 외딴 섬으로 도망치고,
비를 틈탄 밭갈이꾼들은 먼 마을에 나타나네.
영남과 호서가 서로 천리 길이나 떨어져,
어느 곳에서 달려가는 수레를 조심하고 계시는지?

군성취각(郡城吹角) 야개문(夜開門)하니

지위왕도(祗爲王途) 급일분(急馹奔)이라

잔몽속안(殘夢續鞍) 신올올(身兀兀)한데

유광련해(遊光連海) 월흔흔(月痕痕)이라

경인별학(驚人別鶴)은 투고서(投孤嶼)하고

진우경부(趁雨耕夫)는 출원촌(出遠村)이라

호령상망(湖嶺相望) 격천리(隔千里)하니

부지하처(不知何處) 계정원(戒征轅)고

「전의현 남쪽으로 가다가 산골 마을에서 굶주린 사람을 만나다(全義縣南行, 山谷人居, 遇飢民)」

집 헐고 옷 때 묻고 얼굴엔 짙은 검버섯 피었는데,

관아에는 곡식 비고 들판에는 푸성귀마저 드무네.

온 사방 산천에 꽃만 비단같이 곱게 피었으니,

봄 귀신이야 어찌 알리요? 사람들 굶주리는 것을.

옥천의구(屋穿衣垢) 면심리(面深梨)한데

관속수공(官粟隨空) 야채희(野菜稀)라
독유사산(獨有四山) 화사금(花似錦)하니
동군나득(東君那得) 식인기(識人飢)오

* 생활인으로서

그가 어디에 살았고, 어떻게 생활하였는지를 구체적으로 알 수 있는 시도 역시 많지는 않아서 다음에 그가 지어 머물렀던 집을 묘사한 시 3수만 인용하여 본다. 그 중에서 2수에서는 모두 "만권서"를 갖추었다는 것을 자랑하고 있다. 이퇴계의 시에서 유일하게 보이는 자랑거리이다.

「지산와사(芝山蝸舍)」

영지산의 끊어진 기슭 곁에 집 자리 보아 세우니,
모습은 달팽이 뿔 만하여 다만 몸 겨우 숨길만 하네.
북쪽으로는 낭떠러지라 마음에 들지 않지만,
남쪽으로는 안개나 노을 끌어안아 운치 스스로 넘치네.

다만 아침저녁 어머님께 문안드리기 가까우니 좋을 뿐,

어떻게 방향에 따라 춥고 더움을 가리랴?

이미 달 쳐다보고 산 쳐다보려던 꿈 이루어졌으니,

이 밖에 어찌 반드시 잘잘못을 저울질하랴?

복축지산(卜築芝山) 단록방(斷麓傍)하니

형여와각(形如蝸角) 지장신(秪藏身)이라

북림허락(北臨墟落) 심비통(心非通)이나

남읍연하(南挹烟霞) 취자장(趣自長)이라

단득조혼(但得朝昏) 의원근(宜遠近)하니

나인향배(那因向背) 변염량(辨炎凉)고

이성간월(已成看月) 간산허(看山許)하니

차외하수(此外何須) 갱교량(更較量)고

「동암언지(東巖言志)」

동쪽 치우친 큰 산록 기슭에 새롭게 터를 잡으니,

가로 세로 늘어선 바윗돌 모두 그윽함을 이루었다네.

안개와 구름 자욱하게 피어올라 산 속에 묵고,

█▛▌▐ █ ▐▐▜▜ ▐▐▌ ▐ ▐▙▟▜ ▜▙▌▐▐.

만권 책 읽을 나의 생애 흔연히 의탁할 곳이 생겼으니,

봄비 바라는 마음 놀랍구나! 오히려 구할 수 있다니.

정녕코 시 잘 짓는 승려에게 말하지 말라.

정말 쉬는 게 아니고, 병들어 쉬는 것이라고.

신복동편(新卜東偏) 거록두(巨麓頭)하니

종횡암석(縱橫巖石)이 총성유(總成幽)라

연운묘애(烟雲杳靄) 산간로(山間老)한데

계간만환(溪澗彎環) 야재류(野際流)라

만권생애(萬卷生涯) 흔유탁(欣有托)하니

일려심사(一犁心事) 탄유구(歎猶求)라

정녕막향(丁寧莫向) 시승도(詩僧道)하라

불시진휴(不是眞休) 시병휴(是病休)니라

「천사촌(川妙村)」

그윽하고도 먼 내살메에 이씨 어른이 살고 계신데,

편편한 들에 벼 익고 숲 우거진 동산은 보기 좋네.

이웃을 택하여 나 또한 서쪽 산마을 다 차지하여,

초가집 가운데 갖추었네, 만권 서책을······

유경천사(幽夐川沙) 이장거(李丈居)한데
평전화숙(平田禾熟) 호림허(好林墟)라
복린아역(卜隣我亦) 전서학(專西壑)하야
모옥중장(茅屋中藏) 만권서(萬卷書)라

편의상 몇 가지 유형으로 나누어 보기는 하였으나, 엄격하게
구분되지는 않는다. 선배나, 친구나 제자에게 보낸 시가 많고, 의
주에 나가서 기생을 보고 읊은 시 1수를 제외한다면, 여자에게 지
어준 시는 전혀 보이지 않는다. 이 점은 다른 선비의 문집을 보아
도 대부분 그렇게 되어 있으니, 옛날 선비들의 습관이라고 할 수
있다. 승려들에게는 매우 많은 시를 지어 주었는데, 서산대사에게
지어준 준 시 3수 등 몇 수만 문집에 수록되고 100여 수 넘는 시
는 제목만 필사본 문집 『도산전서』 맨 뒤의 부록에만 적혀 있을
뿐이다.

퇴계 선생은 자신의 시를 "마르고 담담[고담(枯淡)]하여 처음
보면 별로 재미가 없을 것이지만, 자세이 음미하여 보면 그래도
전혀 맛이 없지는 않을 것"이라고 매우 조심스럽게 말씀하셨다는
것이 그분의 언행록에 실려 있다. 그러한 시도 있지만 오히려 흥

과 멋이 느껴지는 시도 적지는 않다. 오히려 그러한 면보다는 현대인이 읽어보기에는 어려운 전고가 들어간 시가 다른 한시보다도 더 많은 편이라서 쉽게 이해하기가 힘든 면이 있다.

이 책은 그렇게 어려운 시를 되도록 쉽게 풀어 보려고 노력하여 보았으나 얼마나 독자들에게 퇴계 선생의 깊은 뜻이 옳게 전달될지 모르겠다. 끝('14.8.10 저녁)